हिमशिखर और चांदनी

AF511979

राजस्थान साहित्य अकादमी, उदयपुर
के आर्थिक सहयोग से प्रकाशित

हिमशिखर और चांदनी

रेखा पंचौली

Anecdote
Publishing House
For the love of quality reading!

Anecdote
Publishing House
For the love of quality reading!

ऐनक्डोट पब्लिशिंग हाउस
2nd फ्लोर, 2/15 अंसारी रोड,
दरियागंज दिल्ली–110002

पब्लिश्ड बाय ऐनक्डोट पब्लिशिंग हाउस

प्रथम संस्करण 2025

आई एस बी एनः 978-81-988015-9-3
मूल्य ₹ 350

संपादकः डॉ. प्रकाश श्रीवास्तव
आवरण सज्जा एवं टाइपसेटः सोमेश कुमार मिश्रा
मुद्रणः थॉमसन प्रेस

अनुक्रमणिका

आत्म कथ्य

"हिम शिखर और चांदनी" मेरी तीसरी पुस्तक है। बचपन से ही साहित्य के प्रति मेरा रुझान रहा है। कविताएं 11वीं कक्षा से लिखना आरंभ किया और पहली कहानी का सवाई माधोपुर आकाशवाणी केंद्र से 23 वर्ष की उम्र में प्रसारण हुआ। "भीगी पलकों में उजास" मेरा प्रथम कहानी संग्रह है। दूसरी पुस्तक है "लॉक डाउन एंड कोचिंग सिटी कोटा" जो एक उपन्यास है।कविता, लेख कहानी और उपन्यास सभी मेरी लेखन विधायें हैं।

किंतु कहानी विधा हमेशा मेरे मन के करीब रही। अपने मन में उमड़ती-घुमड़ती कल्पनाओं, अपने आसपास घटित होती घटनाओं, समस्याओं को समाधान देने के लिए मुझे यह सबसे अच्छी विधा लगी। कहानियों से मेरा नाता बचपन से रहा, वैसे भी कहानियां ही एक बच्चे को अनदेखे इस संसार से जोड़ती है। मैंने अपने पिता से सबसे ज्यादा कहानियां सुनी, पंचतंत्र की कहानियों से लेकर महाभारत, रामायण जैसे ग्रन्थ भी उन्होंने हमें कहानियों के माध्यम से सुना दिए। जब टीवी और मोबाइल नहीं हुआ करते थे ।रोज रात को भोजन के पश्चात प्रतीक्षा होती थी कहानी सुनने कीऔर हर रोज वे एक कहानी हमें सुनाने के लिए ढूंढ लाते थे।

धार्मिक ऐतिहासिक पात्र, चरित्र जैसे हमारे जीवन का हिस्सा बन चुके थे। दरअसल मेरी साहित्य की यात्रा की पृष्ठभूमि यही वे दिन थे। प्रस्तुत कहानी संग्रह "हिमशिखर और चांदनी" में नो कहानियां हैं। मेरे पिछले कहानी संग्रह में स्त्री विमर्श की कहानियां थीं। किंतु मेरे इस कहानी संग्रह में विभिन्न प्रकार की कहानियां हैं। मैं यहां अपनी कहानी संग्रह की कहानियों के जिक्र के विस्तार में नहीं जाऊंगी। क्योंकि डॉ. गीता सक्सेना उनके बारे में भूमिका में विस्तृत चर्चा कर चुकी हैं। पर इतना जरूर बताना चाहूंगी कि इस कहानी संग्रह की प्रथम कहानी "लोको पायलट" देश की जानी-मानी साहित्यकार मनीषा कुलश्रेष्ठ जी द्वारा संपादित कहानी संग्रह "धनक 2-" में प्रकाशित हो चुकी है।

इस संग्रह की अन्य कहानियां "रक्त रंजित केश' "हंस" पत्रिका में प्रकाशित हो चुकी है। "हैप्पी मदर्स डे" राजस्थान पत्रिका में, "सेतु निर्माण" हरियाणा साहित्य अकादमी की हरिगंधा में, "तर्पण" राजस्थान साहित्य अकादमी की मधुमति पत्रिका के कहानी विशेषांक में प्रकाशित हो चुकी है इसी कहानी संग्रह की कहानी "काले संदूक का राज" साहित्य समर्था पत्रिका द्वारा पुरस्कृत हो चुकी हैं। मैं इस संग्रह से अपनी दो कहानियों का यहां जिक्र करना चाहूंगी। एक कहानी है "हिम शिखर और चांदनी" जिस पर इस पुस्तक का नाम है। हमारी प्राचीन संस्कृति में नियोग प्रथा नाम की एक प्रथा थी।

अगर महाभारत की सशक्त महिला पात्र सत्यवती, यह कदम नहीं उठाती, तो उसका वंश उसके पुत्रों के साथ ही समाप्त हो जाता। ये इस सृष्टि निर्माण का समय था। जीव विविधता, जीव विज्ञान के साथ प्रयोग धर्मिता का समय था। महाभारत की कुंती 100 पुत्रों की माता गांधारी के समक्ष, सूनी कोख लेकर पराजित होने के स्थान पर ऋषि दुर्वासा द्वारा दिए गए मूल मंत्र को अपना

शस्त्र बनाकर पांच पराक्रमी पुत्रों को प्राप्त करती है और पांडु रोग से ग्रसित अपने पति महाराज पांडु के साथ विजय पताका फहराते हुए, भारत के इतिहास को बदल देती है। फिर कब और क्यों? अपनी ही मान्य परंपराओं को पदलित करता हमारा समाज स्त्री को एक लंबे अंधकार मय युग में बांझ होने की पीड़ा, से शापित करता रहा।

उचित अनुचित का प्रश्न पाठकों के समक्ष छोड़ती हूं और अपनी कहानी पाठकों को समर्पित करती हूं। एक और कहानी है जिसकी पृष्ठभूमि धार्मिक इतिहास से ली है। माता सीता के वनवास को विद्वजन अमान्य कर चुके हैं। पर युद्धोपरांत माता सीता की अग्नि परीक्षा सर्वमान्य सत्य है।

हम आज के बुद्धिजीवी पाठकों को यह नहीं कह सकते कि अग्नि को समर्पित की जाने वाली सीता नकली थी। असली सीता तो लंका गई ही नहीं थी। यह तर्कहीन तथ्य है जिसे धर्मभीरुता का नाम तो दिया जा सकता है तर्क सहित स्थापित नहीं किया जा। प्रश्न यह है कि जब देवी अहिल्या के उद्धारक श्री राम अहिल्या उद्धार के समय यह कहते कि मैं दशरथ नंदन राम ये घोषणा करता हूं कि "देवी अहिल्या सर्वथा पवित्र और निर्दोष हैं।" और पूरी प्रजा नत मस्तक हो कर उसे स्वीकार कर लेती है क्योंकि घोषणा करने वाला कोई साधारण पुरुष नहीं है।

देवताओं की सहायता करने वाले, चतुरंगिणी सेना के स्वामी महान सम्राट दशरथ का युवराज, जो ताड़का वध करके अपनी वीरता का लोहा मनवा चुका तो रघुनाथ है। ऐसे पुरुष ही तो लोकरीतियों का निर्धारण करते हैं। प्रजा तो उनकी बनाई लोक रीतियों का पालन भर करती है। तो माता सीता के संदर्भ में वह ऐसा क्यों नहीं कर सके।

राम अवतार हैं वह गलत नहीं हो सकते हैं ।उन्हीं की दृष्टि के परिपेक्ष्य से तर्क के आधार पर औचित्य प्रस्तुत करती कहानी "अग्नि

परीक्षा" है। मैं यह आशा करती हूं नो कहानियों का यह संग्रह पाठकों को यह अवश्य पसंद आएगा।

धन्यवाद आभार सहित

रेखा पंचौली

*आदरणीय पापा **श्री सीताराम जी शर्मा** (श्रोत्रिय) को समर्पित।*

भूमिका

कथात्मक सूत्रों में बिखरते संवेदनीय बिम्ब- प्रकृति मानव की सहचरी है। अंतः प्रकृति ज्यों मानस की गहराईयों में जाकर गोते लगाती जीवन के बहुमूल्य अनुभव-रत्नों को शोधकर लाती है और समाजोपयोगी अथवा मानवीय धरातल को स्पर्शित कराती है, वैसे ही बाह्य प्रकृति जीवन के वैविध्य से साक्षात्कार कराती दृष्टि को विस्तार देती है। कथा अथवा कहानी इन्हीं रत्नों और दृष्टियों का रूपायन है। जो आंतरिक भाव-प्रवाह के साथ बाह्य बौद्धिक त्वरा को भी विस्तारित करती है। नव ग्रह की नव कल्पना सदृश रेखा पंचौली की इन कहानियों का यह समुच्चय साहित्य के क्षेत्र में एक उत्तम दस्तावेज है। इसमें सूर्य की तरह आभासित वैचारिक प्रखरता है, तो चन्द्र सदृश शीतलता भी है। इसकी कहानियाँ कहीं मंगल सा उत्साहवर्धन करती हैं तो कहीं बुध सी बौद्धिकता प्रदान करती हैं।

किन्हीं कहानियों में शुक्र सी चकाचौंध है तो कहीं शनि का शनैः शनैः गमन करता संघर्ष विद्यमान है। साथ ही इन कहानियों में राहु सा बौद्धिक भ्रम तो है ही केतु सी गहराई भी हैं। कुल मिलाकर जीवन की संचालित स्थितियों के अनेकानेक प्रसंग हैं। “लोको पायलट” भीषण रेल दुर्घटना का एक सजीव दृश्य उपस्थित करती कहानी है जो केवल दृश्यांकन तक ही अपना वजूद नहीं रखती अपितु युवा वर्ग की उस वृहत समस्या का रूपायन करती है। जिसमें परिवार के

भरण-पोषण के लिए एक अदद पनौकरी की दरकार रहती है। जिसे पाना आसमान से तारों को तोड़ लेने समान है। जहाँ बिना जातिगत तमग़े या अन्य अतिरिक्त उपादानों के मात्र बौद्धिक क्षमता पर प्राप्त कर पाना दूर की कौड़ी लगता है। पौराणिक संदर्भों से संयुक्त कहानी "अग्नि परीक्षा" नारी के उस उज्ज्वल स्वरूप का आख्यान है जिसमें नारी चरित्र रूपी स्वर्ण को परीक्षा की अग्नि में तपाकर कुंदन बना देने की प्रक्रिया है। यह कहानी केवल आदर्श उपस्थित नहीं करती अपितु सामाजिक ताने-बाने में नारी के औदात्य को भी परिलक्षित करती है। पुरूष अपने दम्भ और नारी मोह में नारी के स्वाभिमान की परीक्षा एक बार नहीं अनेक बार लेता है।

जो उस अग्नि परीक्षा से भी विषम होती है जिसमें ताप उसके देह को नहीं मन को, आत्मा को छूता है ।रावण और मंदोदरी प्रसंग में अग्नि परीक्षा के इस मर्मस्पर्शी स्वरूप को बताने का सफल प्रयास कहानी को श्रेष्ठता के स्तर तक पहुँचाता है। सीता की अग्नि परीक्षा तो विश्वविख्यात है लेकिन मंदोदरी की मंद-मंद झुलसती जीवन लीला को संवेदनीय तरीक़े से कथा सूत्र में बाँधना इसकी अप्रतिम विशेषता है। इसको "जो खाते में जमा किया जाता है वही सूद सहित पुनः मिलता है।" यही तो कर्म का लेखा-जोखा है जिसे इंसान अपनी अल्हडता में या लालच की अधिकता में विस्मृत कर देता है। वर्तमान को भोगना और भविष्य की अवस्थाओं से अनभिज्ञ जब प्राणी संवेदनहीन कृत्यों में संलग्न रहता है तो "तर्पण" जैसी कहानी का कथानक बनता है। कहानी मार्मिक प्रसंगों से सराबोर आधुनिक पीढ़ी की भोग्या प्रवृत्ति को दर्शाती है।

जहाँ नारी की संवेदनहीनताकी पराकाष्ठा उस शिखर पर होती है जिसके समक्ष स्वजन की मृत्यु का विकराल रूप भी कोई अर्थ नहीं रखता। जैसे प्राण प्रिय राजा दशरथ के प्राणों का उत्सर्ग रानी कैकेयी के प्रण को लेशमात्र भी नहीं डिगा पाया। प्रायश्चित ही तर्पण

का सच्चा स्वरूप है कहानी इस तथ्य को संकेतित करने में सफल रही है। “हिमशिखर और चाँदनी” मातृत्व को नारी की पूर्णता में अभिव्यक्त करने का प्रयत्न करती सनातन संस्कृति के उस प्रसंग से जोड़ती है जहाँ संतति के क्रम में वासना के स्थान पर तप की तेजस्विता को मुखरित करने का उपक्रम मिलता है। कल्याणी का माँ बनने का स्वप्न संन्यासी के मिलन की प्रक्रिया से पूरा होता है। स्त्री-पुरूष का विवाह एक समझौता ही है।

लेकिन विषम परिस्थितियों में अनुकूलता लाने का प्रयत्न और नियति का स्वीकार्य इस समझौते को अधिक मज़बूत करता है। “समझौता” कहानी का ताना-बाना इसी को केंद्र में रखकर तैयार किया गया है। यथास्थितियों का अंकन ही इस संग्रह की कहानियों का उद्देश्य नहीं है अपितु एक संदेश विशेष से मुख़ातिब करना भी लेखिका के लेखन का केंद्र रहा है।वह “सेतु निर्माण” में व्यतीत को वर्तमान के साथ भविष्य से जोड़ने का प्रयत्न करती हैं तथा निरक्षर माँ को उसकी पोती के द्वारा साक्षर करने और आधुनिकता से साक्षात्कार कराने का अद्भुत प्रयास करती हैं।

नारी अस्मिता के ज्वलंत प्रश्नों से एक संवेदनीय घटना को कथासूत्र में पिरोते महाभारत की प्रमुख पात्र द्रुपद सुता के रक्त रंजित केशों को वर्तमान के दुर्दांत बलात्कारियों के वीभत्स क्रिया-कलापों से जोड़ते हुए मर्मांतक कथा को वैचारिक पृष्ठभूमि पर लाने का अनुपम प्रयास “रक्त रंजित केश” कहानी है। जिसमें प्रतिकार का एक स्वरूप नारी की अस्मिता से खिलवाड़ करने को अपना पौरुष समझने वाले वर्ग पर आघात भी है। क्योंकि नपुंसक पुरूष का एक मात्र हथियार नारी के अबलापन को जीतना ही है। शेष वह नारी से हमेशा परास्त ही होता है क्योंकि नारी की दृढ़ता के समक्ष उसकी नपुंसकता हार ही जाती है। बलात्कार जैसी घटनाएँ इसका ज्वलंत उदाहरण हैं।

संग्रह की कथाओं में एकरंग देश की सरहदों पर तैनात उन निगहबानों की जननियों के लिए भी है जो अपने जिगर के टुकड़े को अपने से भी श्रेष्ठ मातृभूमि की रक्षार्थ समर्पित कर देती है। "हैप्पी मदर्स डे" का संदेश इन्हीं भावों से संयुक्त है। जीवन की ख़ुशियाँ संदेह के घेरे से आबद्ध न हों और अपने दायरों को विस्तारित करती बिखरती रहें, इन्हीं भावनाओं से संवलित है "काले संदूक का राज"।

इस तरह यह नवग्रहों से गुँथी मालिका है जो एकाकार होने पर भी अपनी अलग सुरभि, अलग पहचान और अलग प्रकाश रखती हैं। अपनी विविधताओं में कथासूत्रों को एक सधी हुई भाषा-शैली में बाँधना और बिम्बों से उसके आकर्षण को बढ़ाने में सिद्धहस्त लेखिका का यह प्रयास सराहनीय है। मैं कथासंग्रह के साथ लेखन के क्रम में अन्य रचनाओं के आगमन की प्रतीक्षा में रत् संग्रह की जननी को अनेकशः बधाईयाँ एवं अनन्त शुभकामनाएँ देती हूँ।

डॉ. गीता सक्सेना
प्रोफ़ेसर हिन्दी, माधव विश्वविद्यालय,
आबू रोड, सिरोही (राज.)

हिमशिखर और चांदनी

लोको पायलट

"अरे बहू ! ज़रा चाय तो दे जा, बड़ी देर से इंतजार कर रही हूँ।" कमरे से माँ की आवाज़ आई।

"लो अब ये भी उठ गईं...और उठते ही चाय का हुक्म जारी कर दिया।" मेरी की कर्कश आवाज़ रसोईघर में गूंजी।

इसकी आवाज दिन-ब-दिन इतनी कर्कश क्यूँ होती जा रही है। माईकल सोच रहा था। उसने खिड़की से किचन में काम कर रही मेरी को देखा। मेरी का बड़बड़ाना बदस्तूर जारी था। वह थोड़ा लंगड़ा कर भी चल रही थी। हो सकता है, उसके घुटनों का दर्द बढ़ गया हो, पर उससे इस समय कुछ भी पूछना बर्र के छत्ते में हाथ डालना साबित हो सकता था। वह सारा रोना-धोना अभी ले कर बैठ जाएगी। ऐसा नहीं है कि वह उसकी तकलीफ नहीं समझता, पर कर ही क्या सकता है? अपने-अपने हिस्से की तकलीफ सबको खुद ही सहन करनी पड़ती है। 57 बरस की हो गई है मेरी, उसे ब्लड प्रेशर, शुगर और जोड़ों के दर्द जैसी बीमारियों ने घेर रखा है, ऊपर से पूरे घर की जिम्मेदारी भी उसको उठानी पड़ रही है। इस सारे परिदृश्य से नज़र हटा कर माईकल अपनी ड्यूटी पर जाने की तैयारी करने लगा। उसने धुला हुआ नेपकिन, यूनिफार्म और बेडशीट निकाल कर अपने बैग में रखी। कुछ भी हो, मेरी चाहे कितना ही क्यों न बड़बड़ाती हो, पर हर काम बड़े सलीके से और समय पर करती है। उसने अपनी प्रेस की हुई यूनिफार्म को प्रशंसा की नज़र से देखा।

ये घर... ये नौकरी सब उसकी बदौलत ही तो चल रही है, वरना ट्रेन ड्राइवर की नौकरी क्या इतनी आसान है?

बाहर उसका 30 वर्षीय बेटा रोज़र अपनी खटारा मोपेड साफ कर रहा था। उसे आज प्रतियोगी परीक्षा देने के लिए जाना था। 30 साल का रोज़र क्लर्क से लेकर कलेक्टर तक के सभी एग्जाम दे चुका है। रोज़र सदैव से ही अच्छा छात्र रहा है, मेहनती भी है, मगर क्या करे, बढ़ती जनसंख्या के हिसाब से बढ़ती प्रतिस्पर्धा और आरक्षण की जंजीर ने उसकी दौड़ को बाधा दौड़ बना दिया था। उसने एक गहरी साँस ली। रोज़र गाड़ी स्टार्ट कर रहा था। मेरी दही में चीनी घोलते हुए बोली, "रोज़र दही-चीनी खा कर जाना,पेपर अच्छा होगा।" "अगर आप सुबह-सुबह इतना ना चिल्लाओ न, तो भी मेरा एग्जाम अच्छा हो सकता है माँ।" रोज़र ने झल्ला कर कहा।

उसकी इस बात ने मेरी की 5 बजे से उठ कर की गई सारी मेहनत पर पानी फेर दिया था। मेरी रुआंसी हो गई थी, उधर माँ नहाने के लिए गर्म पानी मांग रही थीं, जैसे उन्हें भी अभी ही कहीं जाना हो। माईकल तैयार हो कर बाहर आ गया था, मेरी उसका चार डिब्बों वाला टिफिन लिए दरवाजे पर खड़ी थी। उसने डिब्बा हाथ में लिया, मेरी की तरफ देख कर मुस्कराने की असफल चेष्टा करता हुआ वह आगे बढ़ गया।

"अरे आप आ गए माईकल सर ! अच्छा हुआ सर आप जल्दी आ गए। लीजिए, ड्यूटी-रजिस्टर में साईन कीजिए। सामने कोटा-बीना पैसेन्जर खड़ी है, ले जाइए।" लॉबी में तैनात स्टेशन मास्टर शर्मा ने उसकी ओर रजिस्टर बढ़ाते हुए कहा। "मगर मुझे तो बॉम्बे सुपर में जाना है शर्मा जी।"

"मुझे मालूम है, माईकल सर कि आपकी ड्यूटी बॉम्बे सुपर में है, पर कोटा-बीना के लोको पायलट मि.जैन की तबीयत अचानक ख़राब हो गई है, गुप्ता जी को बुलाया था, पर वो अभी तक नहीं

पहुंचे हैं और गाड़ी का डिपार्चर टाइम हो चुका है।” “कोई बात नहीं शर्मा जी, मुझे तो ड्यूटी करनी है, कहीं भी भेज दो।”

आज माईकल के साथ जूनियर लोको पायलट बने सिंह था। तेज रफ़्तार से पटरियों को मानो निगलती हुई ट्रेन सरपट दौड़ रही थी। कभी पहाड़, कभी लम्बी सुरंग, तो कभी नदी के पुल से गुजरती ट्रेन का सफ़र इंजन में बैठ कर कम खतरनाक नहीं लगता। नए-नए ड्राइवर तो घबरा जाते हैं। जब ट्रेन घुमावदार मोड़ से गुजरती है या नदी के पुल से धड़धड़ाती हुई गुजरती है तो इंजन से यूँ लगता है जैसे अब गिरी.....तब गिरी। माईकल को खतरनाक से खतरनाक रास्तों का अनुभव है। अब तो रिटायरमेंट का एक ही वर्ष शेष रह गया है। वह ऐसे रास्तों का आनंद उठाता है और हर बार नए रोमांच से भर उठता है ...ज़िन्दगी की तमाम परेशानियों को भूल सा जाता है।

बने सिंह माईकल का पूर्व परिचित था। उसका विवाह तीन-चार वर्ष पूर्व ही हुआ था। एक नन्हीं सी बेटी भी थी। आपसी गपशप में सफ़र आराम से कट रहा था। माईकल और बने सिंह को सपने में भी इस बात का गुमान नहीं था कि रेलवे के इतिहास का एक भीषण और अनोखा हादसा उनकी राह तक रहा है।

यह सिंगल लाइन ट्रैक था। दो स्टेशनों के बीच एक बार में एक ही ट्रेन चल सकती थी। एक गाड़ी को निकालने के लिए दूसरी को स्टेशन पर रोक लिया जाता था। स्टेशन पर दो या दो से अधिक लाइनें बिछी होती थीं। 1990 के दशक का यह वो जमाना था, जब संचार साधनों के नाम पर सिर्फ लैंड लाइन पर पूरा रेलवे सिस्टम निर्भर था। ना मोबाइल, ना पेजर और ना ही कोई वाकी-टाकी ...गार्ड- ड्राइवर केवल लाल और हरी झंडी के सहारे रहते थे।

माईकल की पैसेन्जर एक कस्बेनुमा 'X' स्टेशन पर रुकी थी। स्टेशन मास्टर धवन ने हरी झंडी दिखाते हुए उसे बताया कि बीना की ओर से एक मालगाड़ी आ रही है। उसने उसे आगे वाले

स्टेशन 'Y' पर रुकवाने के लिए बोल दिया है। बीना की ओर से आ रही यह मालगाड़ी मंद गति से आगे बढ़ रही थी क्योंकि उसे ऐसे निर्देश दिए गए थे, किन्तु ढलान की वजह से गाड़ी स्पीड पकड़ने लगी थी। सामने 'Y' स्टेशन पर रेड सिग्नल देख कर मालगाड़ी के लोको पायलट लखन ने अपने सीनियर गंगा सिंह से कहा- "सर ब्रेक लगाइए, हमें आउटर पर ही रुकने का संकेत दिया जा रहा है।" मगर यह क्या sss !!! ब्रेक तो लग ही नहीं रहे थे। गंगा सिंह और लखन के हाथ-पैर फूल गए। बार-बार कोशिश करने पर भी ब्रेक नहीं लगे। गंगा सिंह ने रुक-रुक कर तीन बार गाड़ी का हॉर्न बजाया। मालगाड़ी का गार्ड मनोज चौंक कर उठ बैठा ... यह उसके लिए संकेत था कि गाड़ी के इंजन के ब्रेक फेल हो गए हैं, और उसे वैक्यूम ब्रेक के द्वारा गाड़ी को रोकना है। उसने पूरी ताकत से वैक्यूम ब्रेक लगाए, पर ....असफल !! बार-बार कोशिश की, पर नाकाम रही ...दरअसल वैक्यूम ब्रेक भी फेल हो चुके थे। वह भय से काँप रहा था, उसे मौत सामने नाचती दिख रही थी। उसने लाल झंडी निकाली और उसे हिलाते हुए सहायता के लिए चिल्लाना शुरू किया। लाल झंडी देख कर गंगा सिंह और लखन समझ गए कि वैक्यूम ब्रेक भी फेल हो चुके हैं।

इंजन से हार्न लगातार बजाया जा रहा था। दोनों ड्राइवर और गार्ड अपने दोनों हाथों में लाल झंडी लिए लगातार दहशत भरे स्वर में सहायता की गुहार लगा रहे थे। आस-पास के खेतों में काम करने वाले लोग कौतूहल से इस मंजर को देख रहे थे और खतरे को भांप रहे थे। गाड़ी की लाल लाइटें जला दी गई थीं। तीनों के प्राण हलक में अटके थे ...ये तीनों मौत के वाहन पर सवार... बड़ी तेजी से मौत की ओर बढ़ते जा रहे थे। उन निरीह प्राणियों के पास उस डरावने पल की प्रतीक्षा करने के अलावा और कोई रास्ता नहीं था, जब सब कुछ एक झटके में ...एक ही पल में बड़े ही भयानक तरीके से ख़त्म

हो जाने वाला था। मौत के भयानक मंजर की ओर बढ़ती यह ट्रेन इस समय उस y स्टेशन से गुजर रही थी जहाँ, उसे रुकने के संकेत दिए गए थे।

सिग्नल दिए जाने के बावजूद मालगाड़ी रुकी नहीं ... यह दृश्य देख कर y स्टेशन के स्टेशन मास्टर मतीन के होश फाख्ता हो गए। उसने तुरंत x स्टेशन के स्टेशन मास्टर धवन को फोन किया, "धवन सर, कोटा-बीना पैसेंजर को वहीं रोक लो ... मालगाड़ी के ब्रेक फेल हो चुके हैं, वो सिग्नल पर बिना रुके स्टेशन क्रास कर रही है, और सुनो ssss कोटा को तुरंत सूचना दो कि जो भी गाड़ियाँ इस समय इस रूट के ट्रैक पर हैं, उन्हें वहीं स्टेशनों पर खड़ी करवा कर इस मालगाड़ी को रोकने का प्रबन्ध करें।" शीत ऋतु में भी उसके सिर से पसीना टपक रहा था।

"क्याssss क्या कह रहे हो मतीन! कोटा-बीना पैसेंजर ट्रेन अभी-अभी यहाँ से रवाना हुई है।" धवन का स्वर लड़खड़ा रहा था, एक भयानक एक्सीडेंट का दृश्य उसकी आँखों के सामने लहरा गया। खून से लथपथ लाशें ...दर्द से कराहते घायल ..और अपनों को तलाशते, बिलखते परिजन ... उसने हताशा भरे स्वर में कहा--" अब तो मैं कोटा को यही सूचना दे सकता हूँ कि एक भीषण हादसा होने वाला है, और इस लोकेशन पर एक्सीडेंट रिलीफ ब्रेक डाउन शीघ्र भेज दें।"

रेलवे के इतिहास का ऐसा हादसा होने जा रहा था जिसे रोका नहीं जा सकता था, हादसा होने के बाद बस राहत पहुंचाई जा सकती थी। कोटा में इमरजेंसी सायरन बज चुका था ...ये खबर आग की लपटों की तरह रेलवे कॉलोनी और आस-पास के इलाकों में फ़ैल गई कि कोटा-बीना पैसेंजर का एक्सीडेंट हो गया है।

बने सिंह के घर वाले सबसे ज्यादा तनाव में थे। मि. जैन और गुप्ता के घर वाले राहत की साँस ले रहे थे और माईकल के घर पर

तो पता ही नहीं था कि वह इस ट्रेन का लोको पायलट था।

एक्सीडेंट के पहले ही कोटा से डॉक्टरों, नर्सों, पुलिस वालों व स्वयं सेवकों से भरी एक रिलीफ ट्रेन बीना की ओर रवाना हो गई थी। दोनों स्टेशन मास्टरों की त्वरित सूचना से दोनों जगहों के बाशिन्दों में यह खबर तेजी से फ़ैल गई थी। इसलिए वहां के नवयुवक अपनी मोटरसाइकिलों से इन दोनों गाड़ियों का पीछा कर रहे थे।

माईकल की पैसेंजर इस समय घने जंगल से गुजर रही थी। लंच का समय हो गया था, माईकल ने अपना चार डिब्बों वाला टिफिन खोला ...छोटा-सा यह केबिन अचार और मसालेदार सब्जियों की महक से गमक उठा। "लो बने सिंह खाओ ..." "अरे नहीं सर मैं बीना जा कर अपना लंच लूंगा।" "लो न बने सिंह, मेरी हमेशा टिफिन में ज्यादा खाना ही रखती है।" खाने के साथ माईकल अपनी सूक्ष्म और अनुभवी नज़रों से ट्रैक का मुआयना भी करता जा रहा था। अचानक उसके हाथ का निवाला हाथ में ही रह गया। "देखो ss बने सिंह सामने इसी लाइन पर मालगाड़ी चली आ रही है।" बने सिंह ने देखा सामने मालगाड़ी तेजी से दौड़ती उनकी ओर चली आ रही थी,जिसकी लाल लाइटें जली हुई थीं और गार्ड एवं ड्राइवर लाल झंडी दिखा रहे थे, मानो साक्षात् मौत उनकी ओर सुरसा की तरह मुंह खोले भागी चली आ रही हो।

माईकल ने ट्रेन के ब्रेक लगा दिए और छह छोटे हार्न लगा दिए, जिसका अर्थ था, ट्रेन खतरे में है, पर यात्री इसका मतलब समझ ही नहीं सके .... दरअसल उन्हें इसकी कोई जानकारी ही नहीं थी कि जब कोई ट्रेन खतरे में होती है तो छह छोटे किन्तु लगातार हार्न बजाए जाते हैं। उसने बने सिंह से कहा, "हमें दौड़ कर बताना होगा कि ट्रेन खतरे में है ताकी सब ट्रेन से उतर जाएँ। हम दौड़ कर कम से कम पांच डिब्बों तक यह मेसेज पहुंचा सकते हैं, बाकी पीछे वाले डिब्बे खतरे से बाहर हैं।" माईकल बिना समय गवांए इंजन से नीचे

कूदा और उलटी दिशा में दौड़ते हुए चिल्लाने लगा-- "सभी यात्री गण ट्रेन से उतर जाएं ..ट्रेन का भीषण एक्सीडेंट होने वाला है।"

लंच का समय होने से कुछ लोग उस समय खाना खा रहे थे, तो कुछ ताश खेल रहे थे। किसी ने उस पर खास ध्यान नहीं दिया। कुछ लोग उसे देख कर हँस रहे थे ...उनके लिए यह समझना मुश्किल था कि आख़िर कोई पहले से कैसे कह सकता है कि एक्सीडेंट होने वाला है। वह बेतहाशा चीखता हुआ पुन : इंजन की ओर लौटा, किसी ने उसे पागल ..किसी ने सिरफिरा, तो किसी ने शराबी समझा। लोग इतने सजग हैं ही नहीं कि उसकी आसमानी शर्ट और नेवी ब्लू पैंट देख कर ही समझ लें कि वह इस ट्रेन का लोको पायलट है।

बने सिंह किंकर्तव्यविमूढ़ सा खड़ा था, उसने माईकल का हाथ पकड़ कर खींचते हुए कहा - "चलो सर ! यहाँ से भाग चलते हैं।" उसके सामने उसकी पत्नी और बेटी का चेहरा घूम रहा था। "नहीं ! मैं अपनी ट्रेन और यात्रियों को इस तरह मौत के मुंह में छोड़ कर नहीं जा सकता।" माईकल ने दृढ़ता से कहा। "आप उन्हें बचा भी तो नहीं सकते सर ...कम से कम अपने आप को तो बचा सकते हैं। अगर मरने से बच भी गए तो पुलिस, रेलवे और जिनके परिजन इस हादसे में मारे जाएंगे, वे आपको जीने नहीं देंगे ..चलिए नादानी मत करिए।" उसने माईकल का हाथ फिर से खींचा। "तुम जाओ बने सिंह, मुझे नहीं जाना।" उसने पुनः उसी दृढ़ता से कहा और इंजन में चढ़ गया।

बने सिंह जंगल की ओर भागने लगा। उसे समझ में नहीं आ रहा था कि वह माईकल को बहादुर और कर्तव्यनिष्ठ समझे या फिर निरा मूर्ख।

भड़ाsssम भट्ट ..भट्ट की भीषण आवाज से पूरा जंगल दहल गया ,....धरती मानो हिल सी गई। आस-पास के गांवों में भी यह भीषण आवाज सुनी गई। यात्रियों की चीख पुकार, क्रंदन और रूदन

वातावरण को भयावह बनाने लगा।

रिलीफ ब्रेक डाउन ट्रेन ..बचाव दल, स्वयं सेवकों और पुलिस दल सहित वहां पहुँच गई थी। अपने-अपने साधनों से भी वहां कई स्वयं सेवक, मीडिया कर्मी व पत्रकार जा पहुंचे थे। मालगाड़ी के इंजन सहित तीन डिब्बे पैसेंजर ट्रेन के इंजन और तीन बोगियों पर चढ़ गए थे। मालगाड़ी के दोनों लोको पायलट नहीं बच पाए... वे दोनों हादसे के ठीक पहले इंजन से कूद पड़े थे। पैसेंजर ट्रेन से एक लोको पायलट का हाथ बाहर झूल रहा था। हाथ पर कभी गोदने से गुदवाया नाम चमक रहा था माईकल। गैस कटर से इंजन के हिस्सों को काटे जाने पर उसकी की क्षत -विक्षत लाश मिली।

बने सिंह का कहीं कोई अता-पता नहीं था। अपनी ड्यूटी, ट्रेन और यात्रियों को हादसे के समय छोड़ कर भागने के जुर्म में उसके लिए गिरफ्तारी का वारंट जारी हो चुका था। नियम के मुताबिक उसे रेलवे ने निलंबित कर दिया था।

गमगीन माहौल में माईकल का शव उसके घर पहुंचा। एक ही सवाल सबके जेहन में था कि जब खतरा पहले से भांप कर माईकल ने ट्रेन ही रोक दी थी तो फिर वह इंजन से उतरा क्यों नहीं? एक अजब पहेली थी सबके लिए। ठीक है, वह ड्यूटी से भाग नहीं सकता था, पर ट्रेन से नीचे उतर कर अपनी जान तो बचा सकता था। इसके लिए तो उस पर कोई केस नहीं बनता कि वह बच क्यों गया? सब अपना- अपना कयास लगा रहे थे कि आख़िर उसने मौत को क्यों चुना? अख़बारों और मीडिया के लिए भी यह सवाल कौतूहल का विषय था। यहाँ तक कि अख़बारों की सुर्ख़ियों में भी यही सवाल हेडलाइन बन कर छाया हुआ था। माईकल के घर में मातम पसरा था। मेरी पत्थर की मूरत सी बनी बैठी थी, उसकी आँखों में तो जैसे कोई सवाल ही नहीं था, मानो इस सवाल का, इस पहेली का उत्तर उसे पता था।

उसका बेटा रोज़र रो-रो कर यही सवाल किए जा रहा था-- आपने ऐसा क्यूँ किया पापा? कहीं आपकी मौत का कारण मैं तो नहीं? आप ऐसा सोच भी कैसे सकते हैं? मैं क्या वो नौकरी कर पाऊँगा जो मेरे पापा के बदले मिलेगी? अनुकम्पा पर नौकरी ... इतनी बड़ी कीमत.... ? ऐसा क्यों किया?

क्यों किया ऐसा?

***

रक्त-रंजित केश

कल की विचार संगोष्ठी के लिए मुझे अपना वक्तव्य लिखना है। मन में इतनी उथल-पुथल है कि समझ में नहीं आ रहा कि कहाँ से शुरू करूँ, वाक्यों का तारतम्य ही नहीं बैठ पा रहा है। पिछले दो हफ़्तों से मस्तिष्क में विचारों की आँधी सी चल रही है। आँधी के साथ जिस तरह चक्रवात आ जाता है और चक्रवात के मध्य ढेरों पॉलीथिन, कागज़ और कूड़ा-करकट, न जाने क्या–क्या चक्करघिन्नी करने लगता है, ठीक वैसा ही मेरे मस्तिष्क का हाल है। जब विचारों का इतना आधिक्य हो तो क्या लिखना आसान हो सकता है? अचानक मेरी आँखों के सामने रक्त-रंजित केश लहरा जाते हैं, उफ़ पिछले दो हफ़्तों से कितनी बार ये केश मुझे दिखाई दे चुके हैं...? किसके केश हैं ये? क्या यह मेरी कल्पना है या फिर मेरे मस्तिष्क की आँधी और चक्रवात का नतीजा???

मैं टी.वी.ऑन करती हूँ , 'आजतक' मेरा पसंदीदा चैनल है। खबर चल रही है कि आज सफ़दर जंग अस्पताल से पीड़िता के स्वास्थ्य के बारे में कोई बुलेटिन जारी नहीं हुआ है, और शायद अब उसे किसी दूसरे अस्पताल में शिफ्ट किया जाएगा, संभवत: वेदांता में। मेरे मन में खटका सा होता है। छात्र-छात्राओं के हुजूम जंतर-मंतर पर नारेबाजी करते हुए दिखाई दे रहे हैं। लिखने को इतना कुछ होने पर भी मैं कुछ नहीं लिख पा रही हूँ...।

मैं फेसबुक लॉग इन करती हूँ, फेसबुक की मेरी एक लेखिका मित्र का आक्रोश भरा स्टेटस सामने तैर रहा है, वह लिखती हैं कि उन्होंने एक बड़ी पत्रिका के सम्पादक महोदय को इसलिए अन्फ्रेंड कर दिया है क्योंकि उन्होंने फेसबुक पर अपना मत दिया था कि- "रेपिस्ट के लिए फांसी की सजा या नपुंसक बनाए जाने की सजा नहीं होनी चाहिए .....यह एक ऐसा अपराध है, जिसकी कोई पूर्व योजना नहीं होती बल्कि यह अचानक हो जाता है।" पढ़ कर सचमुच मुझे भी दुःख होता है। पुरुष समाज स्त्री के प्रति कितना संवेदनहीन होता जा रहा है, ये सम्पादक महोदय अपनी पत्नी के प्रति भी क्या इतने ही संवेदनहीन होंगे? मुझे लगता है कि इस सन्दर्भ में मुझे अपने पति के विचार भी जानने चाहिए, आते ही होंगे ऑफिस से ...गाड़ी का हार्न सुनाई देता है...लो आ गए, मैं झट से फेसबुक लॉग आउट करती हूँ और चाय का पानी गैस पर रखती हूँ। यही समय ठीक रहेगा बात करने के लिए, आजकल ये पता नहीं क्यों मुझसे नजरें चुराए रहते हैं और दामिनी के विषय में तो बात करने से बचने का प्रयास करते हैं। जब सामने होती हूँ तो अखबार खोल कर उसमें इस कदर घुसे होते हैं कि केवल टाँगें ही दिखाई देती हैं, वह भी घुटने से नीचे वाली। मैं भी तो आजकल इतनी आक्रामक मूड में रहती हूँ, जैसे पूरी दुनिया के रेपिस्टों का बदला मैं एकमात्र अपने घर के पुरुष से ले लेना चाहती होऊं। मैं थोड़ा आत्म-निरीक्षण की ओर प्रवृत्त होती हूँ। मुझे शाहरुख खान का कल का वक्तव्य याद आ जाता है, उसने कहा था, "मैं शर्मिंदा हूँ कि मैं एक पुरुष हूँ।" मन ही मन सोचती हूँ कि शायद पति महोदय भी इस हीनता के भाव से ग्रसित होंगे। मैं मन ही मन तय करती हूँ कि आक्रामक मूड में बात नहीं करूँगी, धैर्य के साथ बात करूँगी ताकि ये खुल जाएँ और अपने मन की बात मेरे सामने प्रकट कर दें। आखिर मुझे इस बात को जानने का अधिकार तो है ही कि ये किस प्रकार की मानसिकता

के पुरुष हैं। मेरी मित्र अरुणा का मानना है कि ये पुरुष बड़ी ही दोगली मानसिकता के होते हैं, हमारे आस-पास भोले–भाले दिखने वाले ये लोग अपनी पत्नी, माँ, बहन और बेटी के लिए मरने-मारने पर उतारू हो जाने वाले आदर्श पुरुष का मुखौटा लगाए हुए यही पुरुष पराई स्त्री के साथ छेड़खानी व रेप कर बैठते हैं।

वे आ चुके हैं, मैं चाय लेकर मुस्कराने की कोशिश सी करती ड्राइंग रूम में आ जाती हूँ। वे अपनी चाय लेकर भागने की कोशिश करते हैं, इच्छा होती है कि पीछे से कॉलर पकड़ कर रोक लूं, ना..ना ऐसा मत सोचिए कि मैं कोई दबंग टाइप की पत्नी हूँ। मैंने ऐसा बर्ताव पहले कभी पति के साथ किया भी नहीं है, पर पिछले दो हफ़्तों से मुझे ऐसा ही गुस्सा आ रहा है। लगता है युगों से पुरुष का अत्याचार और दासत्व सहती आई स्त्री की आत्मा मेरे अन्दर जाग पड़ी है।

मैं बनावटी मुस्कान चेहरे पर लाकर कहती हूँ, "अरे ! कहाँ जा रहे हैं आप! मुझे कुछ सलाह लेनी थी। वे सोफे पर बैठ कर मेरी ओर प्रश्नसूचक दृष्टि से देखते हैं। तुम्हें तो मालूम ही होगा कि मैंने कल हमारी महिला साहित्य समिति की विचार संगोष्ठी रखी है। मैंने अपना वक्तव्य लिख लिया है पर तुमसे कुछ सलाह लेना चाहती थी।"

"अपने वक्तव्य तो तुम खुद ही लिखती आई हो शैला, तुम्हें मेरी सलाह की क्या जरूरत आ गई।" उन्होंने चाय का सिप लेते हुए कहा।

भारतीय नारी की शीलवती वाली छवि प्रस्तुत करता मेरा अच्छा-खासा नाम शीला बिगाड़ कर ये इन दिनों मुझे अंग्रेजियत की महक लिए शैला नाम से पुकारने लगे हैं। जब से "माय नेम इज़ शीला .." गाना फेमस हुआ है, इन्हें मुझे शीला बोलने से भी गुरेज होने लगा है। इनके लिए इससे भी अधिक अफ़सोस की बात यह है कि इनकी बहन का नाम मुन्नी है। हालांकि इन्होंने स्वयं कभी इस

बात पर टिप्पणी नहीं की, पर जब भी किसी पार्टी में दोस्तों के बीच "मुन्नी बदनाम हुई ..., और "माय नेम इज़ शीला .." गाने चलने लगते हैं तो ये स्वयं को अन्दर ही अन्दर अपमानित और प्रताड़ित महसूस करने लगते हैं। सच में गुस्सा तो मुझे भी आता है, शीला जैसा पवित्र नाम ही इन संगीतकारों ने खराब क्यों किया, कोई अंग्रेजी नाम ही ले लिया होता।

मैंने मूल बिन्दु पर आते हुए कहा कि पूरा वक्तव्य तो मैंने तैयार कर लिया है, फिर भी तुम्हारे क्या विचार हैं, मैं जानना चाहती हूँ। इसके बाद मैंने अपना लेख पढ़ कर सुनाना आरम्भ किया–"हमारे समाज में स्त्री पर घोर अत्याचार हो रहे हैं, 21वीं सदी में आकर भी ये अत्याचार थमे नहीं हैं। पुरुष संवेदनहीन हो गया है, पुलिस वाले स्त्रियों के साथ अच्छा बर्ताव नहीं करते। जब कोई पीड़िता थाने जाती है तो वे अभद्रता से पेश आते हैं, पीड़िता से इस तरह के सवाल करते हैं कि कोई स्त्री थाने जाने की हिम्मत ही नहीं करती है। कानून-व्यवस्था अत्यंत लचर है, अभियुक्त जमानत पर रिहा हो जाते हैं, फास्ट ट्रैक कोर्ट होने चाहिए ...सिर्फ 15 दिन में निर्णय हो जाना चाहिए, ऐसे अभियुक्तों को फांसी की सजा होनी चाहिए ताकि ऐसे सांप किसी अन्य स्त्री को अपना शिकार न बना सकें।...... आपके क्या विचार हैं इस विषय में?"

अपने विचार बताने के बाद मैं उनकी ओर मुखातिब होती हूँ। मुझे क्रोध आता है, क्योंकि वे किंकर्तव्यविमूढ़ से बैठे हैं जैसे कुछ सुना ही न हो, मैं फिर ललकार उठती हूँ कि आपने सुना नहीं? फिर अपने स्वर को संयत करते हुए दोहराती हूँ कि "आपके क्या विचार हैं इस विषय में?"

वे बोलते हैं –"मेरी गहरी सहानुभूति है उस होनहार युवती के प्रति, इन दरिंदों ने उसके सारे सपने छीन लिए और उसे मौत के कगार पर पहुंचा दिया।"

"उन्हें फांसी होनी चाहिए कि नहीं, मैंने यह पूछा है, संजीव।" मैंने उन्हें तीखी नजरों से देखते हुए कहा।

"तुमने मुझसे ऐसा कुछ नहीं पूछा था।" वे चिढ़ कर बोले।

फिर अपनी बात जारी रखते हुए कहने लगे-- "हर तरफ फांसी-फांसी का शोर मच रहा है ...मैं उन दरिंदों की बात नहीं करता, लेकिन ज़रा सोचो, यदि यह क़ानून बन गया तो कितने ही निरपराध पुरुष फांसी पर चढ़ा दिए जाएंगे। तुम हमेशा एकतरफा ही सोचती हो, इस क़ानून का दुरुपयोग भी तो हो सकता है न! क्या दहेज़ विरोधी कानून का दुरूपयोग नहीं हो रहा है, अपनी अधीनस्थ महिला कर्मचारियों से काम करवाना कितना मुश्किल हो जाएगा। वे मनमानी करेंगी, कुछ कहो तो आरोप लगा देंगी।"

उनके बदलते तेवर देख कर बात करना मुनासिब न था। वैसे वे गलत तो नहीं कह रहे थे। मैंने चुप हो जाना ही मुनासिब समझा क्योंकि वैसे भी कल मेरे घर मेरी 8-10 लेखिका मित्र आने वाली थीं, झगड़ा हो गया तो स्वागत के लिए दो मिनट भी ड्राइंगरूम में नहीं आएंगे।

मैं बात समाप्त करने के मूड में थी कि तभी मेरी 18 वर्षीय बिटिया टीना कोचिंग से आ गई। उसने स्लीवलेस टॉप और मिनी स्कर्ट पहन रखी थी। वे आगबबूला होते हुए बोले, "ये हाल हैं आजकल की लड़कियों के, इस तरह के कपड़े पहन कर घूमेंगी और चाहेंगी कि कोई इन पर फब्तियां ना कसे। तुमसे कितनी बार कहा कि इसे सलवार-कमीज पहनना सिखाओ,बड़ी हो गई है।"

"ओह! पापा मैं नहीं पहनूंगी सलवार-कमीज, मेरी कोचिंग पर कोई लड़की नहीं पहनती सिर्फ गाँव की दो लड़कियां हैं, वही पहनती हैं। उन्हें सब लड़कियां चिढ़ाती हैं।" टीना ने अपना बैग एक ओर रखते हुए कहा।

"बड़ी अच्छी बात है! जो पूरे कपड़े पहन कर आएगा... उसे

कम कपड़े वाले चिढ़ाएंगे, क्यों ऐसे कपड़े पहन कर घर वालों और पुलिस वालों का सिरदर्द बढ़ाती हो? क्या ऐसे में तुम्हें छेड़ेंगे नहीं लड़के?"

"क्यों छेड़ेंगे लड़के...कौन होते हैं वे छेड़ने वाले? हमारी जो मर्जी हो, वो पहनें, वे खुद शाट्र्स और बनियान पहन कर घूमते हैं, तब हम लड़कियां तो उन पर फब्तियां नहीं कसती हैं।"

वे अवाक् होकर उसका चेहरा देखते हुए बोले--"इन नासमझों के तो मुंह लगना ही बेकार है, कौन समझाए इन्हें, चींटे गुड़ की तरफ आकर्षित होंगे या गुड़ चीटों की ओर?"

मैंने टीना को कितनी ही बार समझाया, पर वो मानती ही नहीं, वो ही क्यों...उसकी सभी सहेलियां ऐसे ही कपड़े पहनती हैं। दरअसल, इनके रोल मॉडल आजकल के फ़िल्मी हीरो-हीरोइन व मॉडल्स हैं।

पर मुझे क्या? मैं तो नारी स्वातंत्र्य के पक्ष में हूँ, मुझे तो इनके विपक्ष में ही बोलना है। थोड़ा सा विचलित होने के पश्चात् मैं फिर शुरू करती हूँ –"ये क्या बात हुई कि स्त्रियाँ ही मर्यादा का ध्यान रखें ...क्या पुरुष की कोई मर्यादा नहीं होती? तुम्हें याद नहीं पिछले वर्ष जब हम पिकनिक गए थे तो तुम्हारा वो दोस्त.... पानी में कैसे नहाने उतरा था ...हम सब महिलाएं उसे देख कर पानी-पानी हुई जा रही थीं, महिलाएं तो पूरे कपड़े पहन कर ही उतरी थीं न पानी में, क्या कोई भी पुरुष पूरे कपड़े पहने था... जिन पुरुषों को स्वयं मर्यादा का ज्ञान न हो, कपड़े पहने का शऊर न हो , बड़ी त्रासदी की बात है कि वे लोग स्त्री के लिए नियम-कानून बनाते हैं, वे हमें सिखाते हैं कि हमें क्या पहनना चाहिए और क्या नहीं?" मैं लाख अपने आपको अपने विचारों पर केन्द्रित करने की कोशिश कर रही थी, पर मन जुबान का साथ नहीं दे रहा था। अधिकांश पुरुष तो मर्यादाओं का ध्यान रखते ही हैं, सब तो ऐसे नहीं होते, पर क्या कोई गलत कर

रहा है तो हम भी उसका साथ दें या हम स्वयं को और गलत करने वालों को रोकें।

बहस व्यक्तिगत होती जा रही थी। वे स्वयं भी पीछा छुड़ाना चाहते थे, सो उठ कर अपने कमरे में चले गए। मैं भी बहाने से रसोई में आ गई, कल की तैयारी करनी थी, पकौड़ों के लिए मूंग की दाल भिगो दी, शाम के भोजन की तैयारी कर ही रही थी कि दिल्ली से मेरी जेठानी का फोन आ गया।

"हैलो !"

"हैलो ! क्या कर रही है?"

"कुछ ख़ास नहीं, शाम के खाने की तैयारी कर रही हूँ ...हाँ कल मैंने घर पर महिला साहित्य समिति की एक विचार संगोष्ठी रखी है।"

"अच्छा! विचार संगोष्ठी का विषय क्या है?"

"महिलाओं के साथ बढ़ते ज्यादती के मामले-- कारण और निवारण।"

"हाँ! आजकल तो यही विषय मुख्य बना हुआ है, आज शनिवार की छुट्टी है न, जतिन-कल्पा और रजनी–रोहित भी जंतर-मंतर गए हैं। (जतिन-कल्पा और रजनी–रोहित उनके बेटी-दामाद व बेटा-बहू) मैं ही बस बोर हो रही थी घर में, इन्हें तो बस किताबें पढ़ने के अलावा और कोई शौक ही नहीं है।"

"तो आप भी हो आतीं न उनके साथ।"

"अरे ना बाबा, वीक एंड के मूड में हैं 12 बजे के निकले हैं, पहले मार्केट जाएंगे, फिर जंतर–मंतर कैंडल मार्च के लिए ...फिर डिस्कोथेक और फिर बाहर ही खा पी कर लौटेंगे, चल ठीक है तू फिर कल की तैयारी कर, बाय !"

"अच्छा बाय!" कह कर मैंने रिसीवर रख दिया, मुझे याद आया कि एक बड़े राष्ट्रीय नेता के नेता पुत्र ने ऐसा ही कुछ कहा था कि

–'महिलाएं ब्यूटी पार्लर में तैयार होकर शौकिया आन्दोलन में भाग लेती हैं, ये एक फैशन बन गया है, कैंडल मार्च के बाद वे डिस्को थेक जाती हैं।' बड़ा बवाल मचा था इस बात पर ... उनकी ये बात पूरी तरह सही तो नहीं कही जा सकती, पर गलत भी नहीं कही जा सकती, कम से कम अभी-अभी दिल्ली में भाभी से हुई बात के बाद तो नहीं।

फिर ये तो लोकतंत्र है, यहाँ तो सबको बोलने का हक़ है, बोलना एक फैशन बन गया है, चाहे कोई कितना भी आहत हो जाए, सबको अपना-अपना वक्तव्य देना है, वक्ता शब्द से वक्तव्य शब्द की उत्पत्ति हुई ...कुछ नादानों ने इसका तद्भव करते-करते ...बकता...बकना ... बक्-बक् आदि शब्द इससे निकाल डाले।

लीजिए, खबर आ रही है कि एक संत महोदय ने भी अपना वक्तव्य दे डाला है-वे फरमाते हैं कि 'यदि पीड़ित महिला उन दरिंदों के सामने गिड़गिड़ाती, उनमें से किसी एक को अपना भाई बना लेती तो वो सब घटित नहीं होता जो हुआ, लिहाजा गलती दोनों ओर से हुई है।'

इन महात्मन् की खूब फजीहत हो रही है ...एक आइटम डांसर उन्हें टी.वी. पर लतिया रही हैं, अब महात्मा जी फिर से अपना वक्तव्य दे रहे हैं, 'वे तो वही बोल रहे थे जो उनसे भगवान बुलवा रहा था।' अब भगवान को भी वक्तव्य दिए बिना नहीं रहा गया और मजा लेने के लिए बड़ी चतुरता से बेचारे भक्त से ऐसी बातें बुलवा डालीं ...! अब लोग इन भक्त बेचारे को कई दिन तक गरियाते रहेंगे, और भगवान जी मंद-मंद मुस्काते यूँ ही मुरली बजाते रहेंगे। बेचारे इन संत महात्मा जी से तो भगवान जी पहले भी न जाने क्या-क्या बुलवाकर इनकी फजीहत करवा चुके हैं। खैर छोड़िए जी ..! टी.वी. से खबर आ रही है कि दामिनी को सिंगापुर ले जाया जा रहा है। भगवान रक्षा करे उस बच्ची की ....।

अगले दिन ठीक समय पर हमारी संगोष्ठी आरम्भ हो गई, अपनी करीबी लेखिका मित्र अरुणा को मैंने संचालन की जिम्मेदारी सौंपी है। अरुणा इतना अधिक बोल रही है कि लगता है पिछले दो हफ्ते से वह कहीं भी अपना वक्तव्य देने का अवसर प्राप्त नहीं कर पाई है और अपने अन्दर उमड़ते–घुमड़ते विचारों की अभिव्यक्ति की साध आज ही पूरी कर लेना चाहती है। मुझे पता है कि संगोष्ठी समाप्ति के पश्चात् इस बात के लिए उसकी टांग खिचाई होगी ...यह उसे भी पता है ..क्योंकि लेखिकाएं अक्सर ऐसे पुण्य अवसर की तलाश में रहती हैं...और जब एक लेखिका इसका श्रीगणेश करती है तो बाकी सब भी इस पुण्य-सलिला में स्नान का अवसर चूकती नहीं। पर वह भी निर्भया है, इन छोटी-छोटी बातों से डरने वाली नहीं ...फिर वक्तव्य देने के प्रलोभन के सामने टांगें खिचवा लेना बहुत छोटी बात है।

सबसे पहले लेखिका व एडवोकेट सीमा अग्रवाल अपना वक्तव्य देती हैं _ 'दामिनी का असली दोषी हमारे समाज की सोच व कानून प्रक्रिया का ढीलापन है, बलात्कार जैसा जघन्य अपराध करने के बावजूद दोषी चुनाव जीत कर विधानसभा व संसद में आ जाते हैं। उनके मामले अदालतों में विचाराधीन रहते हैं, और जब तक मामले विचाराधीन हैं, वे स्वाभाविक रूप से निर्दोष व स्वाधीन हैं। जब वे चुनाव जीत कर आ जाते हैं, तो वे मामले हमेशा के लिए विचाराधीन ही रह जाते हैं। जब सरकारी नौकरी के लिए कोई ऐसा व्यक्ति चयनित नहीं किया जा सकता जिसके ऊपर कोई मुकदमा चल रहा हो तो नेताओं को यह विशेष छूट क्यों दी जाती है? क्यों पार्टियां उन्हें टिकट दे देती हैं? सख्त कदम उठाने की आवश्यकता है, ऐसे पुरुषों को फांसी की सजा दी जानी चाहिए।'

इस संगोष्ठी के लिए जो लेखिकाएं आमंत्रित की गई थीं, उनके नाम इस प्रकार थे –डॉ. आशा ओझा, डॉ. प्रतिमा शर्मा, डॉ. अरुणा

पंडित, मजिस्ट्रेट वाणी गुप्ता, डॉ. पामेला शर्मा और वरिष्ठ लेखिका डॉ सुरेखा चतुर्वेदी। बेबाक लेखिका व कवयित्री अर्चना गौड़ अभी तक नहीं आई थीं।

डॉ. आशा ओझा ने अपने विचार रखते हुए कहा –'आदिम युग की बर्बरता हम पर हावी हो रही है, हम उसी जंगली सभ्यता की ओर लौट रहे हैं। अब वक्त आ गया है कि स्त्रियों को आत्म-रक्षा के साधन जुटाने होंगे। भेड़ियों के नाखून उखाड़ने होंगे, उनके दांत रेतने होंगे, खूंखार व रक्तिम आँखों को फोड़ना होगा। सफ़ेदपोश भेड़ियों को भरी सभा में नग्न करना होगा। इन भेड़ियों के लिए सिर्फ एक ही सजा है, वह है फांसी।' उनके वक्तव्य पर ढेरों तालियाँ बजीं।

मैंने गौर किया कि उन्होंने पूरे वक्तव्य के दौरान पुरुष शब्द का इस्तेमाल नहीं किया था, यह अच्छा तरीका था, यदि पुरुष बवाल मचाएं तो वे साफ़ बच सकती थीं, कह सकतीं थीं कि उन्होंने जो कुछ कहा वह भेड़ियों के संदर्भ में था।

अरुणा जो अब तक उग्रता पूर्ण वक्तव्य पर वक्तव्य दिए जा रही थीं, उसकी बारी आने पर वह लगभग शांत हो चुकी थीं, अत: उसने नैतिकता पर जोर देते हुए कहा कि 'हमें बालकों में छुटपन से ही संस्कार डालने होंगे। लड़के-लड़कियों दोनों को संस्कारित करने की आवश्यकता है। फिर भी बलात्कार जैसा जघन्य अपराध करने वाले पुरुषों को फांसी की सजा देने से कैसा गुरेज, आखिर यह एक स्त्री की मानसिक हत्या है।'

प्रतिमा जैन ने कहा—'नसीहतें स्त्री को ही क्यों दी जाती हैं? पुरुष को क्यों समाज की व्यवस्था को छिन्न –भिन्न करने के लिए सांड़ की तरह खुल्ला छोड़ दिया जाता है?'

पुरुष को सांड़ की संज्ञा दिए जाने पर अरुणा मेरा हाथ दबा कर हँसी, अब उसे भी टांग खिंचाई का एक अवसर प्राप्त हो गया था, भाषा को ले कर वह प्रतिमा जी पर प्रतिघात कर सकती थी

जिनसे आघात पाने का उसे सर्वाधिक अंदेशा था।

मजिस्ट्रेट वाणी जी ने न्याय व्यवस्था को इतना दोषी नहीं ठहराया जितना कि महिलाओं के साथ पुलिस के व्यवहार व रवैये को। उन्होंने ज्यादातर खामियां सुरक्षा व्यवस्था की ही गिनाईं।

पामेला जी ने न्याय व्यवस्था व सुरक्षा व्यवस्था दोनों में सुधार की आवश्यकता बताते हुए कहा कि लड़कियों को बचपन से ही जूडो-कराटे व मार्शल आर्ट का प्रशिक्षण दिया जाना चाहिए।

सुरेखा जी ने कहा- 'यह अच्छी बात है कि इस लड़ाई में जंतर-मंतर पर महिलाओं के साथ पुरुष भी खड़े दिखाई दिए। यह वास्तव में उम्मीद की किरण जगाने वाला मंजर है।' कितना बड़ा सच उन्होंने कहा था। इस तथ्य को सबने लगभग गायब कर दिया था। चंद मुट्ठी भर गुंडों के लिए हम सारी पुरुष प्रजाति को बदनाम करना शुरू कर देते हैं, यह आज का महिला विमर्श इसी दिशा में तो जा रहा है। हम भूल जाते हैं कि सर्व प्रथम महिला उद्धार के लिए राजाराम मोहन रॉय और महर्षि दयानन्द ने ही कदम उठाया था।

सभी के विभिन्न विचारों के मध्य एक बात यह गौर करने योग्य थी कि सभी एकमत से सहमत थीं कि बलात्कार की सजा फांसी ही होनी चाहिए।

आशा जी मुझसे बोलीं-"अरे शीला! अपनी बिटिया को भी तो बुलाओ, हमें नई पीढ़ी के भी तो विचार जानने चाहिए।"

मैंने टीना को आवाज दी, वह चुपचाप डाइनिंग हॉल में बैठी सब सुन रही थी, जैसे ही उससे बोलने का आग्रह किया गया, वह तुरंत शुरू हो गई जैसे पहले से ही प्रतीक्षा कर रही हो। मैं मन ही मन डर रही थी ...पता नहीं क्या बोलेगी?

उसने बुलंद आवाज में बोलना शुरू किया –"फर्स्ट ऑफ़ आल वी शुड बी अवेयर ऑफ़ आवर ऑउटफिट्स। मोस्ट ऑफ़ द गर्ल्स वीयर मिनीस्कर्ट, शार्ट्स एंड स्लीवलेस टोप्स ... मेनी टाइम्स आई

सी बॉयज़ स्टेयरिंग एंड कमेंटिंग आन देम। वी शुड नॉट इनक्रीज़ प्रोब्लम्स ऑफ़ आवर फेमिली एंड पुलिस। वी शुड अंडरस्टैंड आवर सोशल रिस्पोंसबिलिटी, दैट्स ऑल।"

नई पीढ़ी की सोच जान कर सभी आंटियां प्रसन्न हुईं, तालियाँ बज उठीं, एक मैं ही थी जो ठीक से ताली नहीं बजा पा रही थी, बल्कि अवाक् सी उसका चेहरा देख रही थी, मैंने गौर किया कि वो आज पूरी आस्तीन की टी शर्ट व जींस पहने थी। मन ही मन सोच रही थी, दोगली कहीं की ...सब आंटियों पर इम्प्रेशन जमाने के लिए तोते की तरह रटी-रटाई बातें बोल गई।

तभी अपने अलग सोच के लिए जानी जाने वाली अर्चना गौड़ आ गई ...सभी सुनने के इच्छुक थे। उसने शुरू किया – 'यदि कचरा है तो सफाई के लिए, सफाई कर्मियों व कचरापात्रों, दोनों की आवश्यकता है, मगर अफ़सोस हमारे समाज में सफाई कर्मियों व कचरापात्रों दोनों को ही घृणा की दृष्टि से देखा जाता है जबकि वे सम्मान के योग्य हैं, क्योंकि उनके होने से समाज साफ-सुथरा रहता है जहाँ–तहां गंदगी नहीं फैलती।' (मुझे लगा, शायद वह भूल रही है कि आज का टॉपिक क्या है।) वह उसी तरह बोलती रही–'कुछ लोगों की प्रवृत्ति ही ऐसी है, इसे फ्रायड ने भी माना है। उसकी ऐसी प्रवृत्ति के शमन के लिए ही हमारे समाज में प्राचीन काल में नगर वधुओं की व्यवस्था थी। अभिजात्य वर्ग के सफेदपोश पुरुषों के कारण दरबारों में राज नर्तकियां आईं ... तब उन्हें घृणा की दृष्टि से न देख कर सम्मानजनक संबोधन से पुकारा जाता था। मगर अफ़सोस! यह युग और यह समाज पता नहीं क्या चाहता है ...सामाजिक पतन और दमन दोनों का कुचक्र एक साथ चल रहा है, आजकल नगर वधुओं को एक घृणित संबोधन यानी कॉलगर्ल के नाम से पुकारा जाता है। सरकार ने उनके लिए लाइसेंस जरूरी कर दिए हैं, जिस वजह से इनका रिकॉर्ड पुलिस के पास रहता है।

भ्रष्टाचार इतना बढ़ गया है कि एक अदने कर्मचारी से लेकर पुलिस के आला अफसर तक ...इनसे घूस लेते हैं और शोषण करते हैं, इस डर से बेचारी नगरवधुएँ लाइसेंस ही नहीं बनवातीं और पकड़ी जाने पर ....सेक्स रैकेट चलाने के जुर्म में जेल में बंद कर दी जाती हैं। और राज नर्तकियों की हालत तो और भी ख़राब है, वे बेचारी अपने सम्मान को बचाने के लिए कितनी ही सफ़ेद चादर ओढ़ लें, पुलिसवालों की तो हिम्मत नहीं, पर ये मीडिया पीछे लग जाता है और इनकी चुपचाप सी.डी. बना ली जाती है और दोनों तरफ से ब्लैकमेल किया जाता है। फलस्वरूप राज नर्तकियां राजाओं के गले की फांस बन जाती हैं।

आज ज्यादातर नगरवधुएँ जेलों में बंद हैं, राज नर्तकियों की हत्याएं हो चुकी हैं, यही सबसे बड़ा कारण है कि समाज में बलात्कार जैसे अपराध बढ़ रहे हैं। इससे सभ्य समाज में गंदगी नहीं फैलेगी तो क्या होगा? यदि कचरा है तो....कचरापात्रों की भी आवश्यकता है। वैसे भी कन्या भ्रूण-हत्या के कारण समाज में कन्याओं की कमी हो रही है...आने वाले समय में दोनों की जनसंख्या में इतना अंतर होगा कि अधिकांश पुरुष तो अविवाहित ही रह जाएंगे।

इसलिए यदि पुरुष की प्रवृत्तियों की समाज में शमन की व्यवस्था नहीं हो सकती तो दमन कर देना ही ठीक है, ऐसे पुरुषों को फांसी देकर समाप्त कर देना ही ठीक है, जिससे स्त्री-पुरुष दोनों की जनसंख्या भी बराबर हो सकेगी और महिलाएं ऐसे अपराधियों की शिकार होने से बच भी सकेंगी।"

निस्संदेह अर्चना के अलग व्यक्तित्व की भांति ही उसका वक्तव्य भी अलग ही था। सभी के विचार सुनने के पश्चात् जो बात सामने आई, वह यह थी कि सभी इस बात पर एकमत थे कि रेपिस्ट को फांसी होनी चाहिए।

मूंग की दाल के पकौड़ों और गाजर के हलुए के साथ हमारी

संगोष्ठी का समापन हो गया। मैं टी.वी. के समक्ष बैठी थी, आजतक पर ख़बरें चल रही थीं ..... अचानक उद्घोषिका ने खबर दी कि दामिनी का देहांत हो गया है... और आज रात उसका शव भारत लाया जायेगा ..मेरा मन दुःख से भर उठा, दामिनी की आत्मा की शांति के लिए दोनों हाथ जुड़ गए ....टीना भी खबर सुन कर पड़ोस के घर में चली गई जहाँ आजकल इसी सिलसिले में यूथ क्लब की बैठकें चलती रहती थीं। थोड़ी ही देर में वे लोग पास के ही मंदिर में दामिनी की आत्मा की शांति के लिए गीता पाठ करवाने लगे। माइक पर एक युवा पंडित जी की आवाज गूँज रही थी, में सोच रही थी कि क्या महज गीता पाठ करवाने भर से दामिनी की आत्मा को शांति मिल सकेगी ...मेरी कलम से एक कविता निकलने को आतुर थी .... जिन्दा न रही मैं तो क्या ???

रूह मेरी अब बोलेगी।
जुल्मो–सितम सह कर खामोश हो गईं जो,
उन सब की जुबान खोलेगी।

मैं अपनी सोच में डूबी थी कि पति देव आ गए। वे कुछ परेशान व चिंतित थे – " क्या हुआ ...तबीयत तो ठीक है!" मैंने उनका लटका हुआ चेहरा देख कर पूछा।

"अरे ! वो राज कुमार है न .."

"हाँ! हाँ! क्या हुआ उसे ....!" (राज कुमार इनका चचेरा भाई है)

"उसकी तीन साल की बेटी दिव्या का रेप हुआ है।"

"उफ़ ...यह क्या कह रहे हो तुम ....!"

"शैला, वो बच्ची जिन्दगी और मौत के बीच झूल रही है।"

"शादी के 14 बरस बाद ...तो बड़ी मुश्किल से बेटी हुई थी उनके घर में।" मेरी आँखों के सामने उस प्यारी सी बच्ची का चेहरा आने लगता है।

"राज कुमार का फोन आया था बहुत दुखी था बेचारा ....

उसकी बीवी का तो रो-रो कर बुरा हाल है, चाचा जी और चाची जी का तो बुढ़ापा ही खराब हो गया ...!"

"उन दरिंदों को फांसी होगी ना संजीव बोलो .!" मैं अचानक चौंक कर पूछ बैठी।

"फांसी.... शैला मेरे सामने आ जाये तो जिन्दा न छोड़ू उन्हें .... क्या हो रहा है, इस देश में ...जहाँ नव दुर्गा की पूजा में कन्याओं को माँ का रूप मान कर पूजा जाता है, उस देश में ऐसी घटनाएं ....ऐसे हिंसक ...बर्बर ...जघन्य अपराध किसी और देश में नहीं होते जैसे हमारे यहाँ हो रहे हैं।"

जो संजीव थोड़ी देर पहले फांसी की बात पर चिढ़ गए थे, वह अब स्वयं किसी की हत्या कर देने की बात कर रहे थे। सच में जब खुद को चोट लगती है तभी दर्द होता है।

मेरी आँखों के सामने फिर से रक्त रंजित केश लहरा जाते हैं ..... क्यों हो रहा है मेरे साथ ऐसा, क्या नन्हीं दिव्या के साथ हुई दुर्घटना ने....और दामिनी की इस दुखद मौत ने मुझे इतना विचलित कर दिया है .....? लोग कहते हैं, ऐसी असामयिक मौत से मरे लोगों की रूहें भटकती हैं ...उन्हें मोक्ष नहीं मिलती ....कहीं यह उसकी रूह तो नहीं ...?? मंदिर में यूथ क्लब का गीता पाठ चल रहा है ....श्लोक गूँज रहे हैं ...

यदा–यदा ही धर्मस्य ग्लानिर्भवति भारत |
अभ्युत्थानमधर्मस्य तदात्मानं सृजाम्यहम् ||
परित्राणाय साधूनां विनाशाय च दुष्कृताम् |
धर्म संस्थापनार्थाय सम्भवामि युगे-युगे ||

रक्त-रंजित केश फिर लहराते हैं ...केश राशि विस्तृत होती जा रही है ....सघन हो कर पूरे आसमान को ढँक देती है ....इस केश राशि में रक्त की पिपासा है....बिजली सी कौंध जाती है ....हजारों बरस पहले एक प्रकार के गैंग रेप की शिकार द्रुपद सुता ...प्रतिशोध

की ज्वाला में जलती ...न्याय की गुहार लगाती मेरी आँखों के सामने आ जाती है....हजारों द्रुपद सुतायें ...हजारों दामिनियाँ ....सबकी रूहें एकाकार होती जा रही हैं .....विस्तार पाती इस केश राशि के लिए केवल एक दुःशासन का रक्त काफी नहीं है, कितने दुःशासन पैदा हो गए हैं, इस दुःशासन की दुरात्मा है कि मरती ही नहीं, अनेकानेक रूप धारण करके अट्टहास करती हुई फिर जीवित हो जाती है।

मैं बैठ जाती हूँ, घर में बने मंदिर के सामने, कृष्ण मंद-मंद मुस्कान के साथ बांसुरी बजा रहे हैं.. कहाँ हो तुम बताओ ....अब तक तुमने दुबारा जन्म क्यों नहीं लिया ...बोलो ! सभी जीवित हैं ... दुःशासन ....दुर्योधन ..कंस ...जरासंध ...शिशुपाल ....रावण ...सबने न जाने कितने जन्म ले लिए ...यह तुम्हारी सखी द्रौपदी कितने रूपों में जन्म ले चुकी ...कब तक ये रक्त के प्यासे केश यूँ ही लहराते रहेंगे ...कब तक न्याय की गुहार लगाते रहेंगे, आखिर कब तक प्रतिशोध की ज्वाला में जलते रहेंगे?

कृष्ण मंद मुस्कान के साथ अब भी बांसुरी बजा रहे हैं.....मैं खीझ रही हूँ, तुम क्या यूँ ही बांसुरी बजाते रहोगे ...क्यों झूठे वादे करते हो ... बांसुरी बजाने के अलावा कुछ और भी आता है तुम्हें ...क्या तुम्हें मालूम नहीं कि धर्म की कितनी हानि हो चुकी है ....दुष्ट फल-फूल रहे हैं ... विनाश सज्जनों का हो रहा है ...दुष्कर्म बढ़ रहे हैं ....क्या तुम्हें कोई फर्क नहीं पड़ता ....!!

तभी टीना आ जाती है, वह मुझे बुदबुदाते हुए देख कर रुक जाती है ....मंदिर में कृष्ण की मूर्ति के साथ 18 हाथ वाली महाकाली की मूर्ति मध्य में रख देती है और बिना कुछ बोले अपने कमरे में चली जाती है।

मैं भी खामोश सी देख रही हूँ शायद ... शायद ...ठीक ही किया उसने .. यूँ तो श्री कृष्ण ने भी अर्जुन को कुरुक्षेत्र में अन्याय के खिलाफ युद्ध का सन्देश दिया था, पर फिर भी तो उत्पीड़न का

सिलसिला अभी तक थमा नहीं है.....। पर अकेले अर्जुन को ही क्यों, द्रुपदसुता को भी अपने अन्दर दुर्गा की शक्ति जागृत करने की आवश्यकता है।

***

हैप्पी मदर्स डे

नेहा ने आशु के कमरे को अंतिम रूप से सजा दिया था। बेड पर कार्टून वाली गुलाबी रंग की चादर बिछाई थी। कमरे की दीवारों का रंग भी गुलाबी था और परदे भी बेबी पिंक कलर के जंगल के नज़ारे वाले थे। उसने आशु के बेड पर साफ्ट टॉयज और टेडी बीयर भी सजा दिए थे। साइड वाली टेबल पर उसके बचपन के खिलौने रख दिए थे। डिसप्ले में भी फ्रेम में कैद उसके बचपन के अठखेलियाँ करते क्षण, ट्राफियां और प्राइजेज़ थे।

"अरे ..नेहा यह क्या कर रही हो तुम, आशु क्या अब भी बच्चा है? अरे 21 वर्ष का हो चुका है वो अब, इंजीनियरिंग कर रहा है।"

"अमित, मैं जो पहले अपने बच्चे के लिए नहीं कर सकी, वो अब करना चाहती हूँ। याद है जब हम जॉइंट फैमिली में रहते थे, आशु के लिए अलग कमरा भी नहीं था, कोई सुविधा भी नहीं थी। आज जब हमने अपने लिए सुविधाजनक मकान बना लिया है। आशु के लिए अलग से अटैच्ड-बाथरूम वाला कमरा है तो यह कैसी विडम्बना है कि वो ही यहाँ हमारे साथ नहीं है। थोड़े समय के लिए ही सही, वो जितने दिन भी यहाँ हमारे साथ रहे, मैं सुख के सारे साधन उसके लिए जुटा देना चाहती हूँ।" नेहा के शब्दों में भावुकता स्पष्ट झलक रही थी।

आशु के कमरे का दरवाजा बंद करते हुए उसने अमित को

सामानों की लिस्ट देते हुए कहा कि ये सब सामान बाजार से लाने हैं।

"ओह ! इतनी लम्बी लिस्ट, लगता है तुमने पूरे दो महीने का मीनू बना रखा है, आशु के लिए। चलो इस बहाने इस बेचारे पति नामक जीव को भी स्वादिष्ट व्यंजनों का स्वाद चखने को मिल जाएगा।" अमित लिस्ट लेकर गाड़ी बाहर निकलने लगे।

रसोईघर में आकर नेहा धीमी आंच में बेसन सेंकने लगी। आशु को बेसन के लड्डू बेहद पसंद हैं। हाथ काम में व्यस्त हो गए किन्तु चेतना मस्तिष्क के बंद घर में विचरण करने लगी। ये मस्तिष्क भी एक अलग ही प्रकार का अजायब घर है, जिसमें न जाने कितनी प्रकार की छोटी- बड़ी अनेक कोठरियां हैं, और इन कोठरियों में अनगिनत बक्से हैं। यादों का एक बक्सा खुल जाए तो फिर पता ही नहीं लगता कितना समय उस बक्से में ही समा जाएगा। उसे याद आया वह दिन जब आई.आई.टी. में सिलेक्ट होने के पश्चात आशु को रेलवे स्टेशन छोड़कर वे लोग वापस लौट रहे थे। घर आ कर नेहा फूट-फूट कर रो पड़ी थी। इसलिए नहीं कि वह दो-चार वर्षों के लिए बाहर जा रहा था, बल्कि इसलिए कि अब वह हमेशा के लिए मेहमान बनकर आने वाला था। इतनी हायर एजुकेशन लेने के बाद भला यहाँ उसके लिए स्कोप ही कहाँ था। शहर में ही नहीं, अब वह इस प्रान्त में भी नौकरी नहीं कर पाएगा। बेटी को तो पराये घर जाना ही है। एक ही बेटा है, वह भी दूर चला जाएगा तो अभी तोऽऽ फिर भी वक्त कट जाएगा...किन्तु जीवन की सांध्य बेला ! कितना अकेलापन व सूनापन लगेगा?

यह मेला इस आंगन में इतने कम समय के लिए क्यों लगा? क्यों ये किलकारियाँ .....ये अठखेलियाँ ..ये रौनक इतने कम समय के लिए इस आंगन में वसंत बन कर छाईं और फिर पतझड़ सी लौट भी गईं। उस दिन नेहा के आँसूं थम ही नहीं रहे थे। उस दिन अमित

ने आश्चर्यचकित हो कर कहा था-- "नेहा तुम्हारा तो सपना पूरा हुआ है, आज फिर ये आंसू क्यों? तुमने आशु को पढ़ाने के लिए कितनी मेहनत की है, और आज जब तुम्हारा सपना साकार हुआ है, आशु ने अपना लक्ष्य पा लिया है, तो इन आंसुओं का क्या अर्थ ..?"

"अमित हमारे सपने ने ही उसे हमसे दूर कर दिया है। वे लोग ज्यादा सुखी हैं जिनके बच्चे ज्यादा नहीं पढ़ पाए, कम से कम उनके पास तो हैं। क्या किया मैंने... निरी मूर्खता....उसका खेल-कूद बंद करके उसको तीन-तीन घंटे बैठ कर पढ़ाती रही। उसकी शिक्षा-दीक्षा हम अच्छे स्कूल में करवा सकें, इसलिए ..मैं घर से बाहर निकल कर नौकरी करने लगी, वो समय मेरे अपने बच्चों का था अमित ! जो मैं दूसरे बच्चों में बांटती रही।" नेहा ने रूंधे गले से कहा।

"नहीं नेहा ! आत्मालोचना की इस मनः स्थिति से बाहर आ जाओ, तुमने गलत नहीं किया। जो कुछ किया अपने बच्चों की भलाई के लिए किया। ऐसी स्वार्थी माँ नहीं हो तुम, जो सिर्फ अपना भला सोचे।" इस तरह उस दिन अमित ने उसके डूबते मन को उबारा था।

नेहा ने लड्डू बना कर डिब्बे में रख दिए। हाथ धो कर किचन से बाहर आई तो अमित ढेर सारे सामान और सब्जियाँ लेकर वापस आ चुके थे। कल सुबह ही तो आशु आ जाएगा।

ट्रिन...ट्रिन....ट्रिन अचानक फोन की घंटी ने उसका ध्यान अपनी ओर खींचा। उधर से आशु की आवाज थी-- "हैल्लो! कैसी ही माँ!"

"आशुss ! कल आ रहा है न बेटा।"

"हाँ माँ कल आ रहा हूँ। सुनो, एक खुशखबरी है माँ! मुझे एक बड़ी कम्पनी में इन्टर्नशिप का ऑफ़र मिला है। मैं पूरे दो महीने वहां काम करूँगा, इससे मुझे बड़ी कम्पनी में जॉब मिल सकेगा और माँ पापा से कहना कि वो मेरा तीन दिन बाद का वापसी का रिजर्वेशन करवा दें।"

"आशु ये खुशखबरी है क्या, जो तुमने मुझे दी है? मगर बेटा तुम तो हमारे पास पूरे दो महीने रुकने वाले थे न!"

"माँ, इसमें इतना दुखी होने की क्या बात है। आपने ही तो मुझे समय का सदुपयोग करने की शिक्षा दी है सदा। इससे अच्छा समय का सदुपयोग क्या होगा भला। वहां दो महीने रुक कर व्यर्थ समय ही तो गवाऊंगा न।"

"बहुत समझदार हो गया है रे तू। हाँ सही कहा तूने, मैंने तुझे समय का सदुपयोग करना ही सिखाया है, पर क्या करूँ, माँ का दिल इतना समझदार नहीं होता न बेटा। तीन साल हो गए बेटा, तू जब से गया है बस ऐसे ही आता है। पिछली छुट्टियों में तुमने अतिरिक्त जानकारी के लिए वर्कशॉप ज्वाइन कर ली थी। तुम ये क्यों नहीं सोचते बेटा कि मम्मी-पापा को तुम्हारी याद भी आती होगी।" नेहा के स्वरों में आर्द्रता उतर आई थी, जिसे आशु ने महसूस कर लिया था।

"नहीं माँ, ऐसा मत कहो। माँ का दिल समझदार भी होता है और हिम्मतवाला भी होता है और मेरी माँ तो बहुत समझदार भी है और बहादुर भी।" आशु ने मानो उसे छोटी बच्ची की तरह बहलाया। अंतिम वाक्य ने मानो उसे झकझोर दिया, आईना दिखा दिया उसे।

"ठीक है, बेटा जैसा तुम उचित समझो।" कह कर नेहा ने फोन रख दिया और अमित के लाए हुए सामानों को सहेज कर रखने में जुट गई। आशु का कहा गया अंतिम वाक्य उसके मन- मस्तिष्क में गूँज रहा था - 'मेरी माँ तो बहुत समझदार है और बहादुर भी।' ये उसी का कहा गया वाक्य था जो उसने आशु से सैंकड़ों बार कहा था। उसे लगा मानो यह वाक्य चारों ओर से प्रतिध्वनित हो कर वापस उसकी ओर लौट रहा है। 'मेरी माँ बहुत समझदार है और बहादुर भी।'

वह आँखें बंद करके सोफे पर बैठ गई। उसे याद आया वह दिन जब आशु ढाई वर्ष का था और उसने उसका एडमिशन एक पब्लिक

स्कूल में प्ले ग्रुप में करवा दिया था। रोज सुबह स्कूल बस उसे लेने आती थी और नन्हा सा आशु रो-रो कर उसकी टांगों से चिपक जाता था और वो रोज यह एक ही वाक्य 'मेरा बेटा तो बहुत समझदार है और बहादुर भी, वो ऐसे रोता थोड़े ही है' कह कर उसे बस में जबर्दस्ती बिठा देती थी। आशु का एडमिशन करवा कर निश्चिन्त हो कर उसने नौकरी ज्वाइन कर ली थी। आशु और उसकी छुट्टियाँ कभी अलग-अलग आतीं तो वह घर के बाहर जाती हुई माँ का आँचल खींचता। कभी बीमार हो जाने पर माँ से नौकरी पर न जाने का आग्रह करता। नेहा के कदम पीछे-पीछे खिंचे जाते, पर नौकरी की विवशता उसे जाने को बाध्य करती। तब भी वह यही वाक्य दोहरा देती - 'मेरा बेटा तो बहुत समझदार है और बहादुर भी, वो ऐसा नहीं करता।'

समझदारी और बहादुरी का पाठ पढ़ाते-पढ़ाते उसका बेटा कब इतना समझदार और बहादुर बन गया, नेहा जान ही नहीं पाई। उसे याद आया वह जब पांचवीं कक्षा में पढ़ रहा था, उसे चिकन पॉक्स निकल आई थी। तब वह 20 दिन बिस्तर पर रहा था। सूनी आँखों से माँ को स्कूल आते- जाते देखता, पर कुछ कहता नहीं। शायद यही वह समय था जब नेहा द्वारा रोज पढ़ाए इस पाठ को वह आत्मसात कर रहा था। नेहा का दिल जानता था कि वह कैसे बिस्तर पर उसे अकेला छोड़ कर नौकरी पर जा पाती थी।

आशु घर आया और तीन दिन रुका और फिर वापस भी चला गया। ये तीन दिन कैसे पंख लगा कर गुजर गए, पता ही नहीं चला और घर- आँगन फिर सूना हो गया।

आशु को वह जैसा बनाना चाहती थी वो वैसा बन चुका था, समझदार, समय का सदुपयोग करने वाला, फिर भी उसका मन दुखी था .... आख़िर क्यों? वह समझ नहीं पा रही थी। बच्चे को बहादुरी और हिम्मत का पाठ पढ़ाते-पढ़ाते ममता के वशीभूत हो

कर वह स्वयं शायद एक कमजोर माँ बन चुकी थी। वह सोच रही थी कि उसे कब अधिक ख़ुशी होती। क्या आशु समय की बर्बादी करता तब? या वह अधिक पढ़ ही नहीं पाता तब?

नहीं ...नहीं वह खुश है, वह ऐसा ही चाहती थी। अब तो बस उसे अपनी कमजोरी पर विजय पाने की आवश्यकता है। नेहा ने अपना कंप्यूटर खोल कर अपना मेल बॉक्स चेक किया, आशु का मेल था मोटे-मोटे हर्फों में चमक रहा था 'हैप्पी मदर्स डे', और एक तरफ था आशु का बचपन का फोटो आर्मी यूनिफार्म में ...कितना प्यारा लग रहा था! नेहा के होठों पर मुस्कान फ़ैल गई। आशु कक्षा 3 का छात्र था, उस समय का ही फ़ोटो था। फैंसी ड्रेस में भाग लिया था तब, और प्रथम पुरस्कार भी जीता था।

वह मन ही मन कह उठी – 'समझ गई कि इस फोटो के माध्यम से तुम क्या कहना चाहते हो। इस फोटो के जरिए तुम मुझे यह सन्देश देना चाहते हो कि माँ आप उन माताओं के बारे में भी सोचो जिन्होंने मजबूत जिगर करके अपने जिगर के टुकड़ों को भारत माँ की रक्षा के लिए सीमा पर भेज दिया है। धन्यवाद बेटे, याद दिलाने के लिए। वास्तव में तो वही माताएं मजबूत और साहसी हैं। इस मदर्स डे पर उन्हीं बहादुर माताओं को मेरा शत-शत नमन, जिन्होंने अपने स्वार्थों से ऊपर उठ कर अपने आँगन की रौनक को भारत माँ के आँगन की सुरक्षा में लगा दिया। उन सभी को मेरी ओर से 'हैप्पी मदर्स डे।'

***

तर्पण

अचानक आयुश्री हॉस्पिटल में कोहराम मच गया। हॉस्पिटल की डायरेक्टर व मालकिन आयुश्री भटनागर अपने सुसज्जित ऑफिस से बाहर आकर गुस्से से बुरी तरह उबल रही थीं। पूरे स्टाफ में हड़कम्प सा मच गया। आज मैडम फिर से किस पर नाराज हो रही हैं।

"वह जो मैले-कुचैले कपड़े पहने बूढ़े बाबा आए हैं ना दीदी, मैडम उन्हीं पर नाराज हो रही हैं।" सफाई कर्मचारी गीता बाई ने कहा।

"अरे ! मगर वह तो उन्हीं की मां, जो कमरा नंबर 24 में एडमिट वृद्ध महिला हैं, उन्हीं से मिलने आए थे। कोई रिश्तेदार ही तो होंगे।" नर्स निर्मला ने आश्चर्य से गीता की ओर देखा।

"मैडम का गुस्सा भी ना बड़ा तेज है। आए दिन स्टाफ में किसी ने किसी पर नाराज होती रहती हैं।" निर्मला ने कमरा नंबर 24 की तरफ देख कर टोह लेते हुए कहा।

"पर क्या कोई अपने पिता को भी इस तरह बेइज्जत करे है दीदी। यह तो हमने पहली बार देखा है।" गीताबाई ने मुंह बनाकर कहा।

"क्या कह रही हो गीता बाई, क्या वह उनके पिता हैं। तुम्हें किसने बताया?"

"वही कंपाउंडर मोहन वर्मा बता रहा था दीदी। वह तो यह भी कह रहा था कि मैडम ज्यादा पढ़ी-लिखी भी नहीं हैं। इनके पति जो इस अस्पताल के बड़े डॉक्टर हैं ना, वह तो ठहरे सरकारी डॉक्टर। उन्होंने यह प्राइवेट हॉस्पिटल और खोल लिया है। अब यहां डायरेक्टर तो बन नहीं सकते, सो इन्हीं को इस हॉस्पिटल की डायरेक्टर बना दिया है।"

"जब किसी भी व्यक्ति को उसकी योग्यता से ज्यादा मिल जाता है ना गीता, तो वह इसी तरह अहंकारी हो जाता है। सभी उसी तरफ जा रहे हैं, आओ हम भी चलें।"

"आप क्यों आए हैं यहां, चले जाइए। मैं आपकी सूरत भी नहीं देखना चाहती। क्या किया है आपने मेरे लिए? कितनी बार आपसे कहा कि मकान के पेपर्स मेरे नाम पर कर दो, पर आपको अपनी इकलौती बेटी पर इतना ही भरोसा नहीं।" आयुश्री का चेहरा गुस्से में तमतमा रहा था।

"अपनी सारी पूंजी और तुम्हारी मां के सारे गहने तुम्हें दे तो दिए आयु, और मरूंगा तो यह मकान भी साथ तो नहीं ले जाऊंगा ना।" वृद्ध भरत कुमार जी का कंठ अवरुद्ध हो गया।

"तो कौन सा अहसान कर दिया मुझ पर, मुझे नहीं तो किसे देंगे आप, बताइए कौन है आपका? आप लोगों की देखभाल मैं ही तो कर रही हूं। यह जो आपकी पत्नी यहां महीने भर से यह कमरा और बेड रोके हुए हैं, उसके चार्जेज़ जानते हैं आप? नर्स, दवाइयां आदि के खर्चों का जरा सा भी अनुमान है आपको, कौन उठा रहा है यह सारा खर्च? बताइए।"

"मेरी पत्नी तुम्हारी मां भी तो है आयुश्री, उसने तुम्हें जन्म दिया है। अपनी कोख में रखने का उसने तुमसे क्या चार्ज लिया बताओ, जो आज तुम्हें उसे अपने ही हॉस्पिटल में रखने का चार्ज चाहिए। फोन पर भी तो कहा था तुमने। चिंता ना करो लाया हूं मैं

यह 50,000, रखो।" नोट थमाते वक्त 500 रु. का एक नोट भरत कुमार जी ने रख लिया।

"केवल 50,000 यह तो बहुत कम हैं। उसमें से भी 500 रख रहे हैं।" आयुश्री चीखी।

"वापस जाने का किराया भी तो चाहिए ना आयु।" भरत कुमार जी ने क्षीण स्वर में कहा।

"मैं नहीं जानती कि आप कैसे जाएंगे, आपने मकान के पेपर्स मेरे नाम नहीं किए हैं। अब मैं इस बुढ़िया को अपने हॉस्पिटल में नहीं रखूंगी, मुझे तो शक है, आपकी नीयत पर।" आयुश्री का क्रोध सातवें आसमान पर था। स्टाफ के लोग आयुश्री जी को फटी-फटी आंखों से देख रहे थे।

"नहीं करूंगा मकान के पेपर्स तेरे नाम, मुझे तो तेरी नीयत में खोट नजर आने लगा है आयुश्री। अरे! क्या मेरे मरने के बाद मेरा मकान तेरा नहीं होगा। किसको दूंगा मैं, और क्यों दूंगा .....तू मेरी इकलौती बेटी है जीते जी मेरे सिर से छत मत छीन।" गुस्से में आरंभ हुआ भरत कुमार जी का स्वर भावुकता में तब्दील हो गया।

"ठीक है आपके जो मन में आए, वही कीजिए, मैं भी वही करूंगी जो मैं चाहूंगी। मोहन जी, कमरा नंबर 24 की पेशेंट को बाहर ले आओ और डिस्चार्ज पेपर बनवा दो।" गुस्से में पैर पटकती हुई आयुश्री भटनागर अपने कमरे में चली गई।

वृद्ध भरत कुमार जी को पुत्री की बातों से गहरा आघात लगा। उनकी आंखों में आंसू छलक आए। लड़खड़ाते कदमों से काउंटर पर लगी कुर्सी को खींचकर उन्होंने बैठना चाहा।

"नहीं ! उसे हाथ मत लगाइए, वह मेरी कुर्सी है।" पास खड़े उनके दोहिते चिरायु ने कुर्सी को अपनी ओर झटके से खींच लिया। डॉक्टर चिरायु उनका नाती और आयुश्री का इकलौता पुत्र था। एम.बी.बी.एस. करके लौटा था। भरत कुमार जी दीवार का सहारा

लेकर वहीं जमीन पर बैठ गए। लग रहा था मानो जिंदगी भर की कमाई एक पल में गवां बैठे हों।

एक सुनामी आई और उनका सब कुछ बहा कर अपने साथ बहा ले गई। अब तक की सारी जमा पूंजी सारे रिश्ते-नाते। तो वह क्यों इस चलती-फिरती बेजान काया को छोड़ गई। हे ईश्वर, अब आपको क्या दिखाना बाकी रह गया। यह उनकी बड़ी मन्नतों से मांगी और नाज़ों से पाली हुई बेटी थी।

चिरायु के आदेश से नर्स उनकी पत्नी को व्हीलचेयर पर लेकर बाहर आ गई। बेचारगी भरी दृष्टि से वे कभी अपनी रुग्ण मरणासन्न सी पत्नी को, कभी चिरायु को, तो कभी आयुश्री के कमरे की ओर देख रहे थे। प्रेम न सही, थोड़ी सी दया ही कर दे उन पर। पर उनकी यह चाहत रेगिस्तान में बादलों की तलाश जैसी ही थी।

अरे! कोई हमें बस स्टैंड तक तो पहुंचा दो, ऐसी हालत में कैसे जाएंगे हम? अपनी बेबसी पर उनकी आंखें पुन: भर आईं।

"हॉस्पिटल के गेट के बाहर इन्हें कोई भी छोड़ने नहीं जाएगा। सब काम करो अपना-अपना, बहुत टाइम खराब कर लिया सबने।" चिरायु के आदेश से पूरा स्टाफ सहम गया। उसने अपने नाना की उंगलियों में फंसा 500 का नोट भी खींच लिया था। असहाय भरत कुमार जी कुछ भी कर सकने की स्थिति में नहीं थे। हॉस्पिटल के बाहर बेंच पर सहारा देकर अपनी पत्नी को बिठाते हुए बोले--"शकु, अब घर कैसे जाएंगे? घर जाने का किराया भी पास में नहीं हैं।"

"क्यों चिंता करते हो जी, मेरे पास थोड़े से रुपए हैं।" अशक्त और बेजान सी दिख रही उनकी पत्नी ने अपने कपड़ों में से ढूंढ़ कर एक पोटली सी निकाली जिसमें एक सोने की चेन, चांदी की बिछिया और कुछ मुड़े-तुड़े रुपए थे। भरत कुमार जी की आंखों में चमक आ गई। उन्होंने अपनी पत्नी की बुझते चिरागों जैसी आंखों को देखा, जैसे उनमें अभी भी तेल बाकी हो। रुपए गिनकर वे आश्वस्त हो गए।

इन रुपयों में अब घर तक पहुंचा जा सकता था।

रुपयों को देखते हुए वे सोच रहे थे कि शायद इसीलिए सुघड़ भारतीय महिलाओं और पत्नी को लक्ष्मी की उपमा दी जाती है। बुरे वक्त के लिए कुछ ना कुछ तो बचा कर रखती ही हैं।

इस देश की सबसे अच्छी बात यह है कि अजनबी, अशक्त लोगों की मदद भी कोई ना कोई कर ही देता है।

ऐसे ही अनजान लोगों की उंगली थामता, उन्हें ढेर सारी दुआएं और आशीष देता यह वृद्ध और अशक्त जोड़ा जैसे-तैसे अपने घर पहुंच गया।

घर पहुंच कर शकुंतला के चेहरे पर असीम संतोष की झलक दिखाई दे रही थी। इतने दिन बेटी के हॉस्पिटल में नर्क की यंत्रणा सा वक्त गुजरा था। "यहीं अपने घर में चैन से मर सकूंगी जी, अच्छा ही हुआ जो तुम मुझे वहां से ले आए।"

उन्होंने शकुंतला के चेहरे की ओर देखा ...इस भोली स्त्री को तो यह भी पता नहीं कि इसकी बेटी ने इसे वहां से निकाला है। उनका हृदय अपने आप को जप्त नहीं कर पा रहा था। पत्नी की बात सुनकर दर्द का लावा फूट पड़ा।

"मैं तुम्हें वहां लेने नहीं गया था शकु, अरे! मैं तो सिर्फ मिलने गया था। ऐसी हालत में यहां लाने की तुम्हें सोच भी नहीं सकता था, हॉस्पिटल ही तुम्हारे लिए सबसे सही जगह थी, क्या तुम्हें मालूम नहीं कि उसने कैसे सबके सामने हमें अपमानित किया। हमें वहां से कैसे निकाला। अरे! ऐसा बर्ताव तो कोई परायों के साथ भी नहीं करता। अपनी ही बेटी शकु.... अपनी ही बेटी ने ये किया, सोचा भी नहीं था। इस मकान के लिए इन बेजान दीवारों के लिए धक्का मार दिया उसने अपने, जिंदा मां-बाप को।" अचानक हँस पड़े भरत कुमार जी, चौंक कर देखा शकुंतला ने, कहीं दिमाग पर तो असर नहीं हो गया।

गहरी सांस लेकर भरत कुमार जी बोले - "शकुंतला तुम्हें याद है ना बचपन में कितनी बीमार रहती थी, कितनी कमजोर थी। इसीलिए तुमने इसका नाम आयुश्री रखा था। देखो इसने भी अपने बेटे का नाम चिरायु रखा है, उसकी लंबी उम्र के लिए। सब माता-पिता अपने बच्चों की लम्बी उम्र चाहते हैं।" आंखें छल-छला आईं उनकी - "शकुंतला देखना जो सलूक इसने हमारे साथ किया है ना, कल इसका बेटा भी इसके साथ ऐसा ही करेगा।"

"ऐसा मत बोलो जी, मां-बाप अपने ही बच्चों को इस तरह शाप देते हैं क्या? उसके तो ना जाने कौन से पाप हैं, जो ऐसा कर्म कर बैठी है।" शकुंतला ने उनका मुंह हथेली से बंद कर दिया। उनकी आंखों से आंसू की दो बूंदें ढुलक आई थीं और झुर्रियों भरे चेहरे में अपनी राह तलाश रही थीं।

"तू मां है ना, इसलिए माफ कर सकती है, पर मेरा दिल उसे माफ नहीं करेगा। अरे! अभिशाप तो पल रहा है। बढ़ रहा है। उसके अपने ही वजूद से जन्म लेकर, बहुत प्यार से पाल रही है उस अभिशाप को।" गहरा धक्का लगा था, भरत कुमार जी को। उस आघात को उन्होंने दिल से लगा लिया था। खाना-पीना सब छूट गया था। छोटे भाई को पता चला तो दौड़ा चला आया। भाई-भाभी को मिन्नतें करके और समझा-बुझा कर अपने घर ले गया।

हृदय पर लगी चोट और आत्मग्लानि से बिल्कुल टूट गए थे वे। लाख कोशिशों के बावजूद भी अन्न-जल ग्रहण नहीं किया। भीष्म पितामह की तरह इच्छा मृत्यु का वरण कर लिया था उन्होंने। शरीर में मानो सैकड़ों तीर बिंध गए थे। छोटे भाई राम को इसी कैकेयी बेटी के कहने में आकर घर से अलग किया, सारे रिश्ते-नाते तोड़ लिए थे। वह बचपन से ही उसे अपना प्रतिद्वंदी मानती आई है। आज जीवन की संध्या बेला में वही उनकी सेवा सुश्रूषा कर रहा था। सैकड़ों शरों में से एक यह तीर भी था जो उन्हें बहुत अधिक चुभन दे रहा था।

सोच रहे थे, राम को तो घर-घर में बसने वाली कैकेयी इसी तरह सदियों से वनवास देती आई है और दशरथ इसी तरह मर्मांतक पीड़ा को सहते आए हैं।

पति की हालत देखकर शकुंतला स्वयं मृत्यु शैया से उठ बैठी थी। स्त्रियां शायद इतनी जल्दी टूटती नहीं, लोहे पर लगी चोटें जैसे इन्हें इस्पात बना देती है, वैसे ही ये भी सख्त हो जाती हैं। जर्जर शरीर से कुछ हो तो पाता नहीं था, पर वहीं उनके निकट बैठी रहती थीं।

बबूल के तीक्ष्ण कांटों से उलझकर जो हाल मलमल के कपड़े का हो जाता है, वही उनके शरीर का हो चुका था, पर आत्मा को न जाने कौन सी माया-ममता शरीर में दबोचे हुए बैठी थी।

मृत्यु द्वार पर दस्तक दे रही थी। यही वह समय होता है जब मनुष्य का संपूर्ण जीवन वृत्त उसकी आंखों के सामने होकर गुजरने लगता है।

वह सरकारी नौकरी में कार्यरत थे। मगर राम सरकारी नौकरी में नहीं जा सका था। यही सोच कर पिता ने जमीन का थोड़ा सा टुकड़ा राम के हिस्से में ज्यादा कर दिया था। इसी बात पर वह पिता से नाराज हो गए थे और पिता दुखी होकर राम के घर रहने चले गए थे। मां उन्हीं के पास रह गई थीं।

जब मां बीमार थीं तो पिता मिलने आए थे। उस समय उन्होंने इसी तरह उन्हें अपमानित किया था। उनकी आंखों के सामने आयुश्री हॉस्पिटल का नज़ारा आ गया।

वही संपत्ति इसका कारण थी। संपत्ति का विवाद ... आयुश्री के कहे शब्द उसके कानों में रह-रह कर गूंज रहे थे और उन्हीं में कहीं .....किसी के पीछे छूटे वक्त से आकर मिल रहे थे उनके कहे शब्द ....जो उन्होंने अपने पिता से कहे थे। दोनों आवाज़ें जैसे मिश्रित हो रही थीं। मानो इतिहास अपने आपको दोहरा रहा हो। मां की अवश्य

देखभाल की थी उन्होंने। शायद इसी का प्रतिफल था कि आज छोटा भाई उनकी देखभाल कर रहा था। सत्य ही तो है कर्मों का हिसाब यहीं देना होता है। जो खाते में जमा किया था, वही तो ब्याज सहित मिलना था। संपूर्ण चेतना सिमटकर मस्तिष्क में आ गई थी। शरीर चेतना शून्य हो गया था। अंत समय का आभास हो गया था, उन्हें ऐसा लग रहा था मानो आसमान में बादलों के बीच प्रकाश की चमकती झिरी के बीच में से उनके पिता का चेहरा झांक रहा है। मन ही मन कह उठे, मुझे क्षमा करना पिताजी, मुझे क्षमा करना।

माता-पिता का हृदय तो वह स्थान होता है, जहां हर गलती के इकरार पर माफीनामा बड़ी ही आसानी से मिल जाता है। बचपन से ही बच्चों की नादानियों को हँस कर टालने के वे आदी हो चुके होते हैं। उन्हें लगा मानो उनके पिता के चेहरे पर क्षमा के भाव हैं और होठों पर एक दर्द की मुस्कान है।

उनकी आंखों से आंसू की दो बूंदें ढुलक आईं। ये पश्चाताप के आंसू थे। पिता के लिए यह उनका अंतिम तर्पण था। इस तर्पण के साथ ही उनकी गर्दन एक ओर निढाल हो गई मानो कोई बोझ उनके दिल से उतर गया हो।

***

काले संदूक का राज़

जाड़े की ठिठुरन और आकाश में छितरे बादल, आज की सुबह कुछ अधिक ही सर्द थी। निशा चाय लेकर धूप सेंकने के इरादे से छत पर आ गई, गुनगुनी धूप की गर्माहट का स्पर्श पाकर उसे थोड़ी सी राहत मिली ही थी कि एक बादल का टुकड़ा उन रूपहली किरणों के समक्ष आ खड़ा हुआ और धीरे-धीरे उन्हें अपनी कालिमा के आगोश में समेटने लगा। अंधकार में डूबती किरणें मानो अपने दोनों हाथ उठाकर छटपटाती सी बाहर निकलने का प्रयास करने लगीं, पर एक के बाद एक आते मेघों के कारवां ने आकाश में उदित होते प्रातः काल के नव सूर्य को मानो काले मटियाले समंदर में धकेल दिया और वह छटपटाता सा उसमें डूब गया था। मुस्कराती सहर उदास मुरझाई सी सांझ जैसी हो गई। क्या आज की इस सुबह का हाल भी बिल्कुल उसके जैसा ही नहीं हो गया था?

कल तक अपने भाग्य पर इठलाती वह भी तो इसी तरह अचानक अंधकार में धकेल दी गई थी। काश! उसने वह संदूक न खोला होता।

नीचे आकर वह फिर विचारों में खो गई। अमित एक हफ्ते के लिए कंपनी की ओर से यूरोप गया था। अभी तो खूब शॉपिंग व सैर-सपाटा करना बाकी था, पर कल शाम को इसी शहर में स्थित अपने मायके से लौटकर आने पर उसे ना जाने क्या सूझा जो उसने इस

संदूक की चाबी अमित की अलमारी से खोज कर, उसे खोल डाला। काले रंग का यह संदूक जिसमें एक छोटा सा ताला लगा हुआ था, उसके आधुनिक, सुसज्सजित घर में अक्सर उसे मुंह चिढ़ाता सा प्रतीत होता था। कई बार उसने अमित से उसे कबाड़ी को देने को कहा, मगर उसने मना कर दिया। पूछने पर 'कुछ पुराने कपड़े हैं' कहकर टाल गया।

अमित की मुलाकात उससे 3 वर्ष पूर्व एमबीए में एडमिशन के दौरान हुई थी। उसका हँसमुख, बहिर्मुखी व्यक्तित्व उसे भा गया था। उसे उसके बैच की सभी लड़कियां पसंद करती थीं। वह था ही ऐसा, लंबा कद और गौर वर्ण। अक्सर जोक सुनाना और शायरी करना उसके व्यक्तित्व का खास पहलू था। हर पार्टी की जान वह पूरे कॉलेज की रौनक था। जिस पार्टी में वह नहीं होता, सब कुछ बेजान सा लगता था। धीरे-धीरे उसकी दोस्ती अमित से होने लगी। यूं तो कॉलेज के सभी लड़के -लड़कियां उसके मित्र थे, पर निशा धीरे-धीरे उसके करीब होने लगी। उनकी इस गहराती दोस्ती से अन्य छात्राओं को ईर्ष्या होने लगती। निशा को यह देखकर और भी आनंद आता किंतु जब अमित दूसरी लड़कियों से घुल-मिल कर बात करता तो उसका मन जल उठता। वह अमित से नाराज़ हो जाती और अमित उसे मनाता रहता। वह कई बार अमित से नाराज़ होती, पर अमित अपने स्वभाव को नहीं बदल पाता था। लड़कियों के सम्मुख उसका व्यक्तित्व और भी मुखर हो उठता। अपने सम्मोहन का जादू चलते देखकर वह शायद अंदर तक रोमांचित हो जाता था, पर प्यार तो वह निशा से ही करता था निशा इस बात को जानती थी और उसे इस बात पर फक्र भी था। वह सोचती थी कि शादी के बाद वह उसे सुधार देगी।

एक दिन उसने निशा के सम्मुख अपने प्यार का इजहार भी कर दिया था। निशा बहुत खुश थी उसे पा कर। वह पढ़ाई में भी तेज

था और काम के समय बिल्कुल गंभीर हो जाता था। इस बार का पूरा बैच उसी ने टॉप किया था। यही कारण था कि एमबीए करते ही उसकी एक बड़ी कंपनी में बड़े पद पर पोस्टिंग हो गई थी। उसने पोस्टिंग के बाद निशा के घर वालों के सामने विवाह का प्रस्ताव रख दिया था।

निशा के घर वालों को तो मुंह मांगी मुराद मिल गई थी। निशा खुश थी। विवाह का बहुप्रतीक्षित दिन आ गया था। शादी की धूम मची थी। फेरों के बाद अमित के सारे चचेरे-ममेरे भाई-बहन, उसके दोस्त, निशा के साथ उसकी छोटी बहन दिशा और उसकी सहेलियां भी जमा थीं। चुहलबाजी और हंसी-मजाक का दौर चल रहा था। सबसे ज्यादा बढ़-चढ़ कर अमित ही चुहलबाजियों में भाग ले रहा था। सालियों से घिरा हुआ वह भूल ही गया था कि आज उसकी निशा से शादी हो रही है और खाने की टेबल पर उसे निशा के पास वाली कुर्सी पर होना चाहिए। निशा की भाभी ने कोहनी से टहोका लगाते हुई चुटकी ली, “देख रही हो निशा अपने रोमियो को, जरा संभाल कर ही रखना।” और फिर अमित की बांह पकड़ कर निशा के पास लाकर बैठा दिया था। भाभी की बात निशा के दिल पर तीर सी लगी थी। वह अंदर ही अंदर तिलमिला गई थी। उसे अमित पर क्रोध आ रहा था। वह मन ही मन बुदबुदा रही थी।

“हां! भाभी, तुम ठीक ही कह रही हो। इस रोमियो की डोर तो कसकर ही रखनी पड़ेगी।”

तभी जले पर नमक छिड़क दिया था दिशा की सहेली मीता ने। उसने अपनी दोनों बांहें लहरा कर फिल्मी अंदाज में कहा, “अरे कहां से ढूंढ़ा निशा दी तुमने हमारे हीरो जैसे जीजू को। काश! जीजू तुम मुझे मिल जाते पहले।” एक सम्मिलित ठहाका गूंज उठा था। पर निशा नहीं हँस सकी थी। वह मीता को अच्छे से जानती थी, वह ऐसी ही बेबाक थी। कभी भी कुछ भी बोल सकती थी, फिर भी उसे

यह मजाक बिल्कुल अच्छा नहीं लगा।

उसका सारा गुबार एकांत में आकर फटा, जहां उन्हें जिंदगी की एक नई शुरुआत करनी थी। बहुत मान-मनौव्वल के पश्चात् उसका मूड ठीक हुआ था। दूसरे दिन रिसेप्शन था। निशा पार्लर से तैयार होकर सभी के साथ जरा देर से रिसेप्शन हॉल में पहुंची। मेहमान धीरे-धीरे जमा हो रहे थे। डीजे की आवाज गूंज रही थी। अमित दोस्तों और सालियों से घिरा डांसिंग फ्लोर पर ठुमके लगा रहा था।

भाभी अर्थपूर्ण अंदाज में निशा की ओर देखकर मुस्कराई। निशा को भी आते ही सबने घेर लिया। वे उसे अमित के साथ डांसिंग फ्लोर पर ले जाना चाहते थे, मगर निशा हाथ छुड़ाकर स्टेज पर आकर बैठ गई। अमित भी उसके पीछे-पीछे गंभीर मुख-मुद्रा बनाकर उसके साथ-साथ चला आया था। तब उसकी छोटी बहन दिशा ने आकर कहा था—“क्या दीदी, क्या हो गया है आपको, ना खुद एंजॉय कर रही हो और ना जीजू को करने दे रही हो।”

मगर अमित का भी यह गंभीर मुखौटा कितनी देर टिकने वाला था। दिशा की फ्रैंड्स फिर अमित को खींच कर ले गईं और वहां वह फिर से मशगूल हो गया था।

निशा के दिल में एक भयंकर तूफान उठ खड़ा हुआ था। उसे लग रहा था कि वह ठगी गई है, अमित से विवाह करके। क्या प्यार ने उसे इतना अंधा बना दिया था कि वह उसे पहचान ही नहीं सकी? हर पार्टी में वह इसी तरह तो कान्हा बना फिरता था।

निशा घर आते ही फिर फट पड़ी थी और अमित कल की ही तरह मान-मनुहार में जुटा था।

“क्या हो गया है निशा! दो ही दिन में, क्या मैं पहले ऐसा नहीं था? क्यों यह शादी का बंधन हमारे बीच में दूरियां पैदा कर रहा है?”

“क्योंकि तुम बंधन में रहना न जानते हो, न चाहते हो। स्वतंत्र

ही रहना अच्छा लगता है तुम्हें, क्यों की तुमने शादी अमित? आखिर क्यों बंध गए बंधन में तुम?"

"यह तुम कह रही हो निशा? प्यार के बंधन में बंधा ही तो रहा तुम्हारे साथ दो साल से। कोई और लड़की तो नहीं आई थी मेरे और तुम्हारे बीच। तुमसे ही प्यार किया, तुमसे ही शादी भी की ना।"

आंसुओं की धारा उसकी आंखों से बह निकली थी। ऐसे ही मीठी-मीठी बातें करके वह उसे मना लेता था।

शादी के छह महीने गुजर गए थे। अमित उसे हर तरह से खुश रखने की कोशिश करता था। हमेशा उसकी खूबसूरती की तारीफों के पुल बांधता, उसे बाहर घुमाने ले जाता, ढेर सारे उपहार देता। मगर निशा खुश कैसे हो सकती थी। वह तो उसकी डोर कसने में लगी हुई थी जिसमें अभी तक वह कामयाब नहीं हो सकी थी। हर पार्टी का अंत, दोस्तों की हर मुलाकात का अंत इसी तरह होता था। कितना ध्यान रखे वह अमित का,पतंग बना वह जरा सी ढील पा कर आसमान में लहराने लगता। वह जितना मांझा खींचती, उसे लगता, वह उतनी ही ऊंचाई की ओर उड़ रहा है। उसकी हथेलियां मांझे से कट कर लहू- लुहान हुई जा रही हैं, वह चरखी की तरह घूमती जा रही है और पतंग पूरा मांझा अपनी ओर खींचती जा रही है। वह जमीन पर इधर-उधर लुढ़क रही है। उसे लगता सारा मांझा एक दिन पतंग के साथ आसमान में उड़ जाएगा और वह चुपचाप उपेक्षित एक कोने में लुढ़क जाएगी। हर बार अमित का यह वाक्य कि, प्यार तो तुम्हीं से करता हूं, सेतु बनकर उनके अलग-अलग हुए दो किनारों को फिर जोड़ जाता था।

मगर आज उसके झूठ से पर्दा उठ गया था। इस काली संदूक ने उसके सारे राज को उगल दिए थे।

उसने चाबी ढूंढ़ कर उसका ताला खोला। उसमें सचमुच उसके कुछ पुराने कपड़े थे। नीचे एक पुराना सा टॉवल बिछा था, अचानक

टॉवल को पलट दिया। नीचे बंद चेन लगी एक फाईल रखी थी। उसने फाईल खोल कर देखा। उसमें एक डायरी, कुछ पत्र, एक फोटो रखे थे। वह वहीं पर बैठकर पढ़ने लगी। अमित का फोटो स्कूल यूनिफॉर्म में लगभग 16-17 वर्ष की उम्र का होगा। लड़की भी इतनी ही उम्र की थी। प्रेम में पगे सारे खत उसी लड़की के ही थे। और अमित की यह डायरी दो-चार चंद मुलाकातों के वर्णन और ढेर सारी शेरो-शायरी एवं उसकी यादों से भरी पड़ी थी। कितना बड़ा झूठ! यह अमित का एक और नया चेहरा था और वह सारी शेरो-शायरी जो उसने कभी उसके लिए पढ़ी थी, वह सब झूठी थी, किसी और के लिए लिखी गई थी यह शायरी और सैकड़ों बार दोहराया गया यह वाक्य कि "प्यार तो केवल तुम्हीं से करता हूं," भी झूठा साबित हो गया था।

वह मन ही मन कुछ ठान चुकी थी। उसने फोन करके अपनी भाभी को बुलाया। दोनों ननद -भाभी की लंबी गुफ्तगू चली।

अमित जब टूर से लौटा तो चहकता हुआ घर में घुसा, पर निशा मुंह फेर कर खड़ी हो गई। यूरोप से लाए ढेर सारे तोहफों को उसने देखा तक नहीं। अमित ने उसके कंधे पर हाथ रखते हुए कहा— "अब क्या हो गया निशा?" मगर वह उसका हाथ झटक कर चली गई। उसके सामने उसने वह डायरी फोटो व पत्र डाल दिए।

"मैंने तुम्हें मना किया था ना, फिर वह संदूक तुमने खोला ही क्यों?" इस बार अमित को भी थोड़ा सा क्रोध आ गया था।

निशा तमक कर बोली—"नहीं खोलती यह संदूक तो यह और इसमें छुपा हुआ यह राज मुझे जिंदगी भर यूं ही चिढ़ाते रहते। आखिर तुमने मुझसे यह सब छुपाया क्यों, और जब तुम्हें इससे प्यार था तो मुझसे शादी क्यों की?" गुस्से में वह चीखने लगी।

अमित उसके पास आकर बैठ गया। संयत स्वर में बोला— "यह सब किशोर वय की बात है निशा! उस समय हम दोनों ही

ग्यारवीं कक्षा में पढ़ते थे। उसी वर्ष उसके पिता का ट्रांसफर हो गया। पहले मोबाइल तो होते नहीं थे निशा। जिस पत्र में उसने वहां जाने के बाद अपना पता लिखा था, वह डाक की गड़बड़ी से मुझे इतनी देर से मिला कि जब मैंने संपर्क करना चाहा, उनका वहां से भी कहीं और ट्रांसफर हो चुका था। बहुत कोशिश की, मगर किसी तरह मुझे उसका पता न चल सका। धीरे-धीरे सब विस्मृति के गर्भ में चला गया था। बाद में तुम मुझे मिली और मैं सब कुछ बिल्कुल भूल गया। बस यह स्मृति चिन्ह नष्ट करने का मन ही नहीं किया।"

"इसमें भी पता नहीं कितना सच है और कितना झूठ।" निशा ने मुंह बना कर कहा और वह वहां से चली गई। उसकी इस हरकत से अमित आहत हो गया था। निशा ने उसके सूख चुके घाव को कुरेदा था और मरहम के दो बोल भी उसके पास नहीं थे। दोनों के बीच अंजानी सी खामोशी घर कर गई थी।

दूसरे दिन निशा ने अमित के ऑफिस से आए उसके पियोन को खाली हाथ वापस भेज दिया और स्वयं लंच लेकर उसके ऑफिस पहुंची। अब अक्सर वह ऐसा करने लगी थी। अमित के ऑफिस में उसके चैंबर में यदि कोई महिला सहकर्मी उस समय किसी काम से आई होती तो वह उसे घूर-घूर कर देखती। नमस्ते का जवाब इस तरह देती मानो बहुत बड़ा एहसान कर रही हो। घर आते ही अमित से उसके बारे में पूरी जांच-पड़ताल करती। निशा के इस बर्ताव और पूछताछ से अमित बुरी तरह उकता गया था।

वह अब निशा से दूर-दूर रहने लगा था। दोनों के बीच एक अदृश्य दीवार खड़ी हो गई थी। दोनों नदी के दो किनारो के समान एक-दूसरे से दूर हो गए थे जिनको जोड़ने वाला कोई सेतु दूर-दूर तक दिखाई नहीं देता था। अमित के सहकर्मियों और दोनों की मित्र मंडली में भी दोनों के बीच पसरे तनाव पर चर्चा होने लगी थी। अमित अब पार्टियों में बुझा-बुझा सा रहता। अब वह सिगरेट भी पीने

लगा था। निशा नितांत अकेली हो गई थी। उपहार देना, मान मनुहार, तारीफों के पुल ना जाने सब कहां खो गए थे। बेड के दोनों किनारों पर वे दोनों चुपचाप पड़े रहते। बीच में मानो कैक्टस का एक पूरा खेत ही उग आया था।

निशा मन ही मन घुटने लगी थी। उसकी रुलाई फूट-फूट कर आती। आखिर क्या गलती कर दी थी उसने, अमित उसका पति है। वह गैर-स्त्रियों से इतनी बात ही क्यों करता है? क्यों हँस-हँसकर उसका दिल जलाता है। अपना हक ही तो मांगा था, वही अमित को इतना नागवार क्यों गुजरा? उससे बात करना तो दूर ठीक से उसकी ओर देखता भी नहीं। बरबस आंखों में आंसू भर आते।

ठीक है उसे जैसे रहना है रहे, पर उसकी डोर को ढील देकर वह उसे ऐसे रोमियोगीरी तो नहीं करने दे सकती, मन भीतर से प्रतिकार करता।

भाभी निशा को ढांढस बंधाती—“सब ठीक हो जाएगा निशा। बस जरा मजबूत रहना, पिघल मत जाना। लाइन पर तो आ ही गया है, पति तो है ही तेरा, कहां जाएगा और तू लगाम कसकर ही रखना।” मगर निशा का एक-एक दिन एक-एक बरस सा गुजर रहा था। कहां खो गया उसका प्यार? कहां खो गया उसका वह हँसने खिलखिलाने वाला, जिंदादिल पति अमित, कहाँ खो गए शादी के पहले वाले वे अल्हड़ यायावर दिन जो पंख लगा कर उड़ते थे। उसका दिल बार-बार कचोटता था। कहीं वह स्वयं ही गलत तो नहीं।

डोरबेल की आवाज़ ने उसकी स्मृतियां के कारवां को वहीं रोक दिया। उसने दरवाजा खोला तो चौंक गई। उसकी प्रिय सखी एकता थी। एकता ने आते ही निशा को बाहों में भर लिया – “कैसी हो निशा, कहां है हमारा अमित, खूब अच्छी गुजर रही होगी ना। भाई क्यों नहीं, आखिर अमित है ही ऐसा-- जिंदादिल, मस्त-मौला, लाखों में एक। सच तू बड़ी किस्मत वाली है जो तुझे ऐसा पति मिला।” एकता

ने एक ही सांस में बहुत कुछ कह डाला था।

एक क्षण के लिए निशा उसे यूं ही अपलक ताकती रही, फिर उसकी आंखों में आंसू भर आए। "क्या हुआ निशा?" एकता ने उसे झिंझोड़ते हुए पूछा। निशा अपने हृदय में उमड़ती दर्द की नदी को और अधिक देर बांधे ना रह सकी। शुरू से आखिर तक सब कुछ कह सुनाया।

उसे उम्मीद थी कि एकता उसके दर्द को समझेगी और अमित को समझाएगी, आखिर उसकी गलती ही क्या है? मगर एकता तो उल्टे निशा पर ही बरस पड़ी थी। "क्या हो गया है निशा तुम्हें? क्या अमित पहले ऐसा नहीं था? उसकी जिंदादिली और खुशमिजाज रहने की आदत पर तुम खुद लट्टू नहीं हुई जाती थी। आज उसके व्यक्तित्व का वही पहलू तुम्हें अखरने लगा है जिससे तुम खुद प्रभावित थी। क्यों बुरा लगता है तुम्हें जब दूसरी स्त्रियां भी उसे प्रशंसा के भाव से मिलती हैं। तुम्हें तो खुश होना चाहिए, अरे जो अच्छी चीज होती है, वह सबको अच्छी लगेगी ही ना, और फिर ऐसा तो हरगिज़ नहीं कि वह केवल स्त्रियों से बात करता है। महिला-पुरुष समान रूप से उसके मित्र हैं। वह सबसे समान भाव से ही बात करता है और सभी उसे पसंद करते हैं। निशा मुझे तुमसे ऐसी उम्मीद कतई नहीं थी। तू कैसी बातें करती है जैसे वह पति नहीं कोई पशु हो, नाक में नकेल डाल कर रखना, लगाम कसना। पहले तो तू ऐसी नहीं थी। निशा पत्नी बनने के बाद तुझे क्या हो गया है और वह काले संदूक वाली इतनी छोटी सी बात। यह किशोर वय का आकर्षण किसके साथ नहीं होता? चल बता कहां है अमित?" उसने कुर्सी से उठते हुए कहा।

"तू जा, मैं चाय बनाकर लाती हूं।" निशा ने अमित के कमरे की ओर संकेत करते हुए कहा। अमित इस समय अपने कमरे में अकेला सिगरेट के कश ले रहा था। सूनी-सूनी आंखों से बनते- बिगड़ते धुएं

के छल्लों को देख रहा था। एकता को आया देखकर उस पर कोई खास प्रभाव नहीं पड़ा। एकता ही उससे बातें करती रही। वह बस खामोश सा सुनता रहा। उसकी आंखें लाल हो रही थीं। बाल बिखरे हुए थे और पूरा वजूद ही बिखरा-बिखरा सा लग रहा था। एकता उसके कमरे से बाहर आ गई। निशा तब तक चाय और बिस्कुट ले आई थी। उसने अमित को भी वहीं बुलाना चाहा, पर अमित अपनी चाय लेकर वापस कमरे में चला गया।

"तूने अनर्थ कर डाला निशा। स्वयं ही अपनी सुंदर सी गृहस्थी में आग लगा दी, देख तूने अमित की क्या हालत कर दी है। क्या यह वही अमित है जिससे तूने प्यार किया था? क्या तूने उसे खत्म नहीं कर दिया? इसी को मानसिक हत्या कहते हैं।" चौंक उठी निशा, क्या कह रही थी एकता, उसने मानसिक हत्या कर दी है अपने ही पति की, हर समय उसके नाजो-नखरे उठाने वाले प्रेमी की, जिंदादिल, मस्त- मौला अमित की। नहीं ! उसके होठों से एक दबी सी चीख निकल गई।

"चल, देर आए दुरुस्त आए। अभी भी वक्त है सब ठीक हो जाएगा। हम लोग पार्टी रखते हैं। अपने सब दोस्तों को बुलाते हैं। अमित का मूड भी ठीक करते हैं। पौधा अभी पूरी तरह सूखा भी नहीं है। थोड़ा पानी डालते ही लहलहा उठेगा।"

"पार्टी सैटरडे को रखते हैं। हमारी पहली मैरिज एनिवर्सरी आ रही है।" एकता की बात पर निशा के चेहरे पर उम्मीद की रेखा उभरी। दोनों ने मिलकर पार्टी का पूरा इंतजाम कर लिया। निशा अमित को मनाने में लगी थी। उसने अमित से अपनी गलतियों के लिए माफी मांग ली थी। एकता भी दोनों के बीच खाई पाटने का काम कर रही थी। माहौल भी खुशनुमा बनाने का प्रयास कर रही थी। दो दिन में सब कुछ बदल गया था। अमित की पहले वाली मुस्कान लौट आई थी। निशा खुश थी। शाम को पार्टी थी। मैरिज एनिवर्सरी के इस अवसर

पर उपहार में अमित उसके लिए डायमंड का खूबसूरत नेकलेस लाया था। निशा ब्यूटी पार्लर से तैयार होकर लौटी थी। हॉल खूब अच्छा सजा हुआ था। धीरे-धीरे सभी फ्रेंड्स आ रहे थे, खूब रौनक लगी हुई थी। अमित अपनी पुरानी मस्ती के मूड में था। सभी दोस्त अमित व निशा के बीच तनाव खत्म होने से खुश थे। तभी निशा हॉल में खिलखिलाती हुई अमित के पास आकर खड़ी हो गई। "अरे भाई हमने आपका तोहफा तो दिया ही नहीं," कहते हुए उसने नेकलेस निशा के गले में पहना दिया। हॉल में खिलखिलाहटों के साथ तालियां बज गईं। निशा खाने-पीने का इंतजाम देखने दूसरी ओर चली गई।

तभी उनके एमबीए के साथी अजीत ने सपत्नीक हॉल में प्रवेश किया। अजीत की शादी हाल ही में कोर्ट में हुई थी। अजीत ने अभी तक शादी की पार्टी भी नहीं दी थी।

अमित अजीत की पत्नी को देखकर चौंका, वह निशा की बहन दिशा की सहेली मीता ही थी। नीली साड़ी और खुले बालों में वह बहुत सुंदर लग रही थी। "ओ भाई, हमारी सालियों में से ही बीवी छांट ली और हमें खबर ही नहीं।"

"हाँ अमित इसके लिए बधाई भी तुम्हें ही जाती है। तुम्हारी शादी में ही तो दोस्ती हुई थी।"

"एहसान तो मानना ही पड़ेगा भाई, तुझे इतनी खूबसूरत किसी हीरोइन सी दिखने वाली बीवी मेरी दोस्ती की बदौलत ही मिली है।"

"अरे! अजीत पर तो बहुत एहसान है जीजू आपके, आपने निशा से पहले मुझसे नहीं मिलकर भी एक एहसान अजीत पर किया है।" अपने उसी बेबाक अंदाज में मीता खिलखिला कर हँस पड़ी।

अमित को अपनी शादी में कही मीता की बात याद हो आई। उसने पास रखा गुलदस्ता यूँ ही मजाक में मीता को देते हुए कहा --"सचमुच मीता अगर ऐसा हो जाता, पहले तुम मुझे मिल गई होती तो बेचारे अजीत के साथ बहुत नाइंसाफी हो जाती।" खिलखिलाते

हुए मीता अमित के हाथ से गुलदस्ता ले ही रही थी कि अचानक निशा वहां आ गई। वह अंतिम सारा वार्तालाप सुन चुकी थी। सारा नज़ारा भी देख चुकी थी। जैसे ही अमित की नज़र निशा से मिली तो उसके चेहरे की हवाइयां उड़ गईं। हॉल में सन्नाटा छा गया। निशा के स्वभाव से सब परिचित थे। सबको लग रहा था कि अब सारी पार्टी का मजा खराब होने वाला है। एकता ने अपने सिर पर हाथ दे मारा था। उसके सारे किए कराए पर पानी फिरने वाला था। अमित अपराधी की तरह एक तरफ सीधा खड़ा हो गया था। वह समझ नहीं पा रहा था कि अब क्या करे...! वह ऐसा नहीं चाहता था....बिल्कुल नहीं चाहता था...ये सब यूँ ही मज़ाक मज़ाक में क्या हो गया? वह कैसी स्थिति में फंस गया है।

तभी निशा अमित के पास आई और उसका हाथ पकड कर बोली --"अच्छा ही हुआ हीरोइन, जो तू पहले अमित से नहीं मिली ..... क्योंकि मेरी फिल्म तो इस हीरो के बिना पूरी ही नहीं होती न।" और जोर से ठहाका लगाकर हँस पड़ी, पूरे हॉल में हँसी फूट पड़ी थी।

"हाँ भई, ऊपर वाले ने स्क्रिप्ट इन दोनों के हिसाब से ही लिखी है।" एकता ने हँसते हुए कहा और इशारे से म्यूजिक लगवा दिया गया था। सभी जोड़े डांसिंग फ्लोर पर आ गए थे। बहुत दिनों बाद दोस्तों के बीच फिर वही हँसी-मज़ाक वाला खुशनुमा माहौल था। सबके बीच अमित और निशा डांस कर रहे थे। अमित कृतज्ञता भरी नजरों से निशा को देख रहा था। उसे खुशी थी कि निशा उसे समझने की कोशिश कर रही है। निशा को अब केवल अमित ही पार्टी का कान्हा नहीं लग रहा था बल्कि उसके साथ डांस करते हुए वह स्वयं में भी उस अल्हड़ किशोरी राधिका को ढूँढ़ रही थी जिसको उसने शादी के बाद कहीं खो दिया था।

***

अग्नि-परीक्षा

जय श्री राम! जय श्री राम! का उद्‌घोष, सिंधु की उत्तंग लहरों से टकराकर स्वर्ण नगरी में फैल गया। यह संदेश था, जो सांझ के धुंधलके में इस सन्नाटे भरी नगरी में दबे पांव पसरने लगा था। संदेश यह था कि उनका वीर योद्धा किंतु अहंकारी राजा अब नहीं रहा। फिर भी कोई खास हलचल नहीं थी। जैसे सबको पहले से ही परिणाम पता था, जैसे सब उत्सुकता से प्रतीक्षा कर रहे थे, कि जो कुछ होना है, वह शीघ्रता पूर्वक घटित हो और इस असमंजस और ऊहापोह के वातावरण से मुक्ति मिले। दुर्बल कृशकाय तापसी जो अशोक वृक्ष के नीचे बिछे कुश के आसन पर किसी क्षीण मुरझाई सी लतिका की भांति पड़ी थी, अचानक उठ बैठी। उसके दुर्बल शरीर में जैसे रक्त का संचार हो गया। जैसे सूर्य की भीषण ताप से सूखी हुई वनस्पति, वर्षा की प्रथम फुहार से हरी-भरी होकर प्रस्फुटित होने लगती है। वैदेही के चेहरे पर स्वर्णिम कांति की आभा प्रस्फुटित होने लगी, उसकी प्रार्थना और अडिग विश्वास रंग लाया, अपने पति की विजय की कामना और प्रार्थना करते वक्त ऐसा नहीं था कि वह कभी टूटी नहीं, वह कई बार निराश हो जाती थी। राम का सुकुमार होना और साधनहीन होना, उसके नारी सुलभ मन में सैकड़ों आशंकाएं जगाता था। दशानन का छल-बल-प्रपंची होना और संपूर्ण साधनों से युक्त होना, उसे डरा जाता था। फिर भी उसे अपने राम पर अटल विश्वास

था। उसने कठिन से कठिन परिस्थितियों में राम को धैर्यपूर्वक संघर्ष करते और विजयी होते देखा था। उनकी शक्ति और युक्ति पर उसे पूर्ण भरोसा था। शुक्ल पक्ष की दशमी के दिन दोपहर का समय था। सभी परिचारिकाएं महल की ओर प्रस्थान कर गई थीं, जहां से रह-रहकर कभी मंदोदरी की सिसकियां उठती थीं तो कभी विलाप, जो प्रलाप में बदल जाता था। वह रूदन के साथ प्रलाप करते हुए कह रही थी--"हे प्रिय! मेरे वीर योद्धा लंकापति! इस तपस्विनी के प्रति तुम्हारे मोह ने हमारे परिवार की और इस सोने की लंका की क्या दशा कर दी। तुम्हारी मृत्यु पर शोक करने वाला तुम्हारा कोई भाई या पुत्र नहीं बचा, हमारे परिवार की सारी स्त्रियां विधवा और पुत्रहीन होकर जड़ हो गईं। वे तुम्हारी मृत्यु पर जरा भी आंसू नहीं बहा रही हैं बल्कि अपने पति और पुत्रों की मृत्यु का कारण तुम्हें मानकर धिक्कार रही हैं। हाय ! मैं तुम्हारी ऐसी मृत्यु से शोक संतप्त हूं। तुम्हारी प्रजा तुम्हारी मृत्यु पर शोक मनाने के बजाय तुम्हारे शत्रु का गुणगान कर रही है। तुम्हें तो सदैव से ही मैं ही सर्वाधिक प्रिय थी। फिर प्रौढ़ आयु में आकर इस तापसी को क्यों अपने हृदय में बसाया? तुम्हारे इस मोह ने हमारे कुल का सर्वनाश कर दिया।" मंदोदरी के कानों में रावण के वे शब्द गूंज रहे थे जो उसने कितनी ही बार सीता से मंदोदरी के समक्ष ही कहे थे कि यदि सीता उसकी बात मान लेगी तो वह उसकी महारानी बनेगी और मंदोदरी उसकी दासी के समान रहेगी। जब से सीता लंका में आई, कितनी बार मंदोदरी को अपमान की आग में जलना पड़ा था। जब से रावण से विवाह हुआ, उसने रावण की सेवा और प्रेम में कोई कमी नहीं रखी थी। उसने एक धर्म- परायण स्त्री की तरह अपने कर्तव्य का निर्वहन किया था। रावण के अंत:पुर में एक के बाद एक स्त्रियां आईं, पर कोई भी उसके महारानी पद और रावण के प्रति उसके प्रेम के लिए चुनौती नहीं बन सकी, पर हाय रे! यह पुरुष हृदय ! इस प्रौढ़ उम्र में

आकर रावण सीता के मोह में ऐसा कामांध हुआ कि उसके जीवन भर के समर्पण को भुला बैठा। यह भी भूल गया कि मंदोदरी लंका के युवराज और उसके ज्येष्ठ पुत्र की माता है। महारानी तो वह अब भी नहीं रहेगी, पर जब महारानी थी, तब भी बार-बार सीता को महारानी बनाने की बात कहकर - क्या रावण ने उसके मान को पद-दलित नहीं किया। कल विभीषण महाराज होंगे और उनकी पत्नी महारानी होगी, और वह एक साधारण विधवा स्त्री होगी। लेकिन कम से कम उस अपमान की आग में तो नहीं जलेगी जिसमें उसे जीते जी रावण ने झुलसाया था। उसने पल-पल अग्नि-परीक्षा दी थी। मंदोदरी को लगा कि वह सब कुछ हार गई है--राज्य गया ,पति गया, कुटुंब-परिवार गया और रावण की हृदय साम्राज्ञी होने का उसका वह मान भी चला गया। यह कैसी अग्नि-परीक्षा थी उसकी?

***

अशोक वाटिका में पूरी तरह सन्नाटा व्याप्त था। पक्षी भी स्तब्ध थे। पेड़- पौधे भी स्थिर थे, मानो इस घटना से ठगे से खड़े रह गए हों। 10 माह के लंबे वियोग के पश्चात् वैदेही राम से मिलने के लिए व्याकुल थी। राम के साथ बिताया हर क्षण, दृश्य बनकर उसके सामने घटित हो रहा था। मिथिला में वाटिका में पुष्प चुनने आए सुकुमार किशोर वय के राम !..... जिन्हें देखकर प्रथम दर्शन में उसका मन आकर्षित हो गया था। सीता के स्वयंवर में उसे प्राप्त करने के लिए धनुष का संधान कर राक्षसों के विनाश और धर्म की स्थापना करने की प्रतिज्ञा करते हुए वीर श्री राम ! ....धनुष टूटने पर परशुराम के क्रोध को शांत करने वाले विनम्र राम!.......सीता के प्रेम में डूब जाने वाले भावुक प्रेमी राम !......... माता-पिता की आज्ञा का पालन करने के लिए राज सिंहासन का पल भर में त्याग कर,

वन के लिए प्रस्थान करने वाले त्याग और वैराग्य की प्रतिमूर्ति राम !...........राम! राम! राम ! उसे अपने चारों ओर सिर्फ राम ही दिखाई दे रहे थे।

तभी त्रिजटा नाम की वह परिचारिका उसके पास आई जो, इस कठिन समय में पुत्री की तरह उसकी देखभाल करती रही थी। कई बार सीता ने दुखी होने पर अपने जीवन का अंत तक करना चाहा था। तब त्रिजटा ही थी जो उसे धैर्य बंधाती थी और दुख की घड़ी में उसका मनोबल बनाए रखती थी। “पुत्री सुना तुमने ! तुम्हारे पति श्री राम की विजय हुई है। लंकापति रणभूमि में वीरगति को प्राप्त हो गए हैं। अब तुम्हारे दुखों का अंत हुआ, शीघ्र ही तुम श्री राम से मिल सकोगी, पर आज रात्रि तुम्हें इस वाटिका में अकेले ही गुजारनी होगी। हमें महारानी मंदोदरी के साथ रणक्षेत्र में जाना है। श्री राम ने महारानी जी को लंकापति की अंत्येष्टि में सम्मिलित होने के लिए बुलाया है। हम सब उनके साथ जाएंगी और लौटकर आज रात्रि उन्हीं के साथ उनके महल में रहेंगी क्योंकि वे शोक संतप्त हैं।” त्रिजटा ने आगे कहा, “सचमुच श्री राम बड़े दयालु हैं, कि वह ससम्मान लंकापति का अंतिम संस्कार कर रहे हैं। धन्य है आर्य संस्कृति, जहां शत्रु के शव की सम्मान सहित अंत्येष्टि की जाती है, हमारे राक्षस जाति में तो शत्रुओं के शवों को भी क्षत-विक्षत कर अपमानित किया जाता है।”

सीता निशब्द थी। उसकी आंखों में अश्रु की दो बूंदें ढुलक गईं। ये मिले-जुले आंसू थे, राम के विजय से वह भाव विह्वल थी ,पर मंदोदरी के दुख से दुखी भी हुई थी। उसका साक्षात्कार कई बार मंदोदरी से हुआ था। वह कई बार खुद रावण के पीछे दौड़ती हुई वाटिका में आई थी। इसलिए कि कहीं क्रोध में रावण कोई अनर्थ न कर बैठे, अनुनय-विनय और चतुराई से वह उसे वहां से ले जाती थी, और जाते-जाते परिचारिकाओं को उसका ध्यान रखने का निर्देश दे

जाती थी। वह सोच रही थी कि आर्यावर्त में घुसकर यहां के कुछ दुष्ट लोगों द्वारा आतंकवाद मचाने के कारण वहां के लोगों ने इन्हें राक्षस जाति की संज्ञा दे दी है। पर यहां के आम नागरिक आर्यावर्त के लोगों जैसे ही हैं। वे बुरे नहीं हैं, त्रिजटा और अन्य राक्षस परिचारिकाओं ने उसका खूब ध्यान रखा है। वह आज उन्हीं की वजह से जीवित है।

त्रिजटा केले के पत्ते पर कुछ फल रखकर और पानी रख कर वहां से चली गई। वैदेही ने 10 माह से रावण द्वारा दिए हुए अन्न और वस्त्र को हाथ नहीं लगाया था। वह फल खाकर ही जीवित थी। उसने अपनी साड़ी के दो हिस्से कर लिए थे। रात्रि के चौथे पहर में स्नान करती और इन्हीं वस्त्रों से काम चलाती थी। माता अनुसूया के आश्रम में बने उसके ये वस्त्र अद्भुत हैं जो इतने पुराने होने पर भी अब तक नए जैसे ही लगते हैं, उनकी चमक गई नहीं है।

वाटिका में नीरवता व्याप्त थी। शायद सब लोग अंत्येष्टि में सम्मिलित होने के लिए जा चुके थे। वह कुशासन पर आंखें मूंदकर लेट गई, मगर उसे नींद नहीं आ रही थी।

रावण की अंत्येष्टि हो चुकी थी।

***

रात्रि का प्रथम पहर आरंभ हो चुका था। युद्ध- शिविर में राम अपने खेमे के बाहर स्फटिक शिला पर शांत मुद्रा में बैठे समुद्र की लहरों को निहार रहे थे। दशमी का आधा चंद्रमा तारागणों के साथ गगन में विचरण करने निकला था, पर यूं ठिठका का सा खड़ा था, मानो वीर प्रतापी सूर्यवंशी राजा राम का दर्शन कर रहा हो। राम के केश समुद्र से आती तेज़ हवाओं से लहरा रहे थे। पिछले 10 माह की कठिन साधना और भीषण संघर्ष के बाद आखिर उन्होंने अपनी प्राणप्रिया को प्राप्त कर ही लिया था। बस कुछ घंटों का इंतजार था,

सीता से साक्षात्कार होने में। प्रातः राम ने विभीषण को आज्ञा दी कि वे वैदेही को वहां लिवा लाएं। विभीषण को आज राम थोड़े से उद्विग्न दिखाई दिए। उनकी आंखें लाल थीं। जैसे वह रात भर सो नहीं सके हों। विभीषण का संदेश आते ही सीता, राम से मिलने को आतुर हो उठी। वह उसी समय वहां जाने के लिए खड़ी हो गई, पर तभी वहां पर विभीषण की पत्नी वस्त्र और आभूषण लेकर आ गई।

"इतने दिनों बाद तुम्हारा इस तरह राम और सेना के समक्ष जाना उचित नहीं सीता! पूरी सेना तुम्हारे दर्शनों को आतुर है। लो! स्नान करके वस्त्र आभूषण पहन लो।" उसने कहा तो सीता ने मना कर दिया।

"संकोच न करो वैदेही, ये वस्त्र और आभूषण अब लंकापति रावण के नहीं, अपितु तुम्हारे पति श्री राम के अभिन्न मित्र विभीषण की ओर से हैं।" सीता को विभीषण की पत्नी की बात उचित लगी। वह स्वयं भी मैले-कुचैले वस्त्रों में वहां उपस्थित नहीं होना चाहती थी। उन्हें पालकी में अपने साथ सम्मान सहित लेकर विभीषण राम के समक्ष उपस्थित हुए।

मैदान के एक छोर पर राम-लक्ष्मण, सुग्रीव और हनुमान के साथ खड़े थे। पूरा वानर समुदाय भी उनके साथ खड़ा था। दूसरे छोर पर विभीषण के साथ सीता पालकी में थी। पालकी सोने व चांदी की बनी थी जिस पर लंका का राजचिह्न लगा हुआ था। पालकी के साथ आए लंका के सैनिक व अंगरक्षक, सीता के दर्शनों को आतुर वानरों को घुड़क कर हटा रहे थे। यह सब राम को बिल्कुल अच्छा नहीं लगा। यह वही राजचिह्न था जिसके खिलाफ कल तक उनकी सेना युद्ध कर रही थी और यह चिन्ह रावण की सेना में हर तरफ छाया हुआ था। ये रावण के वही सैनिक थे जो कल तक उनकी सेना से युद्ध कर रहे थे।

उन्होंने आदेश दिया कि पालकी वहीं रुके और वैदेही पैदल

चलकर वहां आएं, सीता ने ऐसा ही किया। वह पालकी से उतरकर राम की ओर बढ़ी, सीता बहुमूल्य वस्त्र आभूषण धारण किए थी, यह देखकर राम और अधिक उद्विग्न हो गए। उनके चेहरे पर कई तरह के भाव आ-जा रहे थे। वे प्रसन्न नहीं थे। लक्ष्मण और हनुमान सहित सुग्रीव एवं विभीषण भी हतप्रभ थे। वे राम के व्यवहार को समझ नहीं पा रहे थे। उनके मन में प्रश्न था, आखिर सीता को देखकर भी वे प्रसन्न क्यों नहीं हैं? दुर्बल और कृशकाय होने पर भी सीता सौंदर्य की प्रतिमा दिखाई दे रही थी। उनके चेहरे पर अपने प्राण-वल्लभ से मिलने की उत्सुकता थी, वह दीपशिखा सी राम की ओर बढ़ रही थी।

जब सीता उनसे बिछड़ी तो वल्कल वस्त्र धारण किए थी। राम जब जंगल-जंगल भटकते हुए अपनी जिस प्राण-प्रिया को ढूंढ़ रहे थे, तब वल्कल वस्त्रों वाली उस सीता को ही वे तलाश रहे थे। उन्हें लगा जैसे यह उनकी सीता है ही नहीं है। स्वर्ण-जड़ित पालकी, जिस पर लंका का राजचिह्न अंकित था, में आई यह नारी, बहुमूल्य वस्त्र धारण किए हुए उनकी वैदेही है ही नहीं। उनके हृदय में सागर की लहरों की तरह अनेक विचार आ-जा रहे थे।

सीता परम सुंदरी है। विवाह से पूर्व ही उसके अलौकिक सौंदर्य की चर्चा संपूर्ण आर्यावर्त में ही नहीं, सुदूर देशों में पहुंच चुकी थी। अनेक राजा-महाराजा और राजकुमार उसे पाने को लालायित थे, इसीलिए राजा जनक ने सबसे योग्य वर की तलाश के लिए धनुष संधान की कठोर शर्त रखी थी। यह रावण भी तो गया था वहां शिव धनुष का संधान करके सीता को पाने के लिए। कैसे वह दुष्ट रावण सीता जैसी परम सुंदरी को लंका में पाकर भी संयमित रह पाया, कैसे वैदेही इस रावण से अपनी रक्षा करने में समर्थ हुई होगी?

ओह ! यह कैसे साधारण पुरुषों जैसे ईर्ष्या जनित भाव उनके अंदर आ-जा रहे हैं, केवल रत्न-जड़ित पालकी में होने और सीता

के वस्त्र आभूषणों से सुसज्जित होने मात्र से। उनके साथ संपूर्ण राजसुख का त्याग करके निकली वैदेही वस्त्र आभूषण पहने या फिर वल्कल वस्त्र, वह एक निर्लिप्त तापसी ही है।

शिव धनुष उठाने वाली सीता, अस्त्र-शस्त्र, विज्ञान और अध्यात्म की जानकारी रखने वाली सीता, अपनी विद्वता और तपोबल से, रावण से अपनी रक्षा कर सकती है। यह बात वे समझ सकते हैं, किंतु क्या यह वानर सेना, ये अयोध्यावासी और संपूर्ण लोक यह सब समझने में समर्थ हैं? कल को कोई लोकोपवाद खड़ा नहीं हो जाए, इसके लिए उन्हें सीता को इससे बचाना होगा। अभी फैसला करना होगा। क्षण भर पहले जो विचार उनके मन में आए, क्या यह राक्षसों की इस धरती का प्रभाव था और जब ऐसे विचार उनके मन में आ सकते हैं तो फिर यह वानर सेना और अयोध्या के वासी तो साधारण मनुष्य हैं। क्या उनके हृदय में ऐसे विचार नहीं आ सकते? कहीं लोग उनके विषय में कोई लोकोपवाद खड़ा ना कर दें। सीता को अयोध्या की महारानी बनना है।

राम ने सीता की ओर देखते हुए कहा --"सीता, रावण ने तुम्हारा हरण किया, तत्पश्चात् तुम दस माह तक उसकी लंका में रहीं, इसलिए तुम्हें अयोध्या चलने से पूर्व अग्नि-परीक्षा देनी होगी।"

लक्ष्मण, हनुमान सहित पूरी सेना राम को स्तब्ध होकर देख रही थी। राम की इस बात से सीता अवाक् रह गई। ऐसा तो उसने स्वप्न में भी नहीं सोचा था। सीता की आंखों से अविरल अश्रु धारा बह निकली। उसने कभी कल्पना भी नहीं की थी कि इतने माह के लंबे वियोग के पश्चात् जब उसके प्राणप्रिय राम उससे मिलेंगे तो ऐसे कठोर शब्द कहेंगे। धनुर्धर राम ने जैसे युद्ध में शत्रुओं पर बाण चलाए थे, वैसे ही एक जहर-बुझा बाण सीता के हृदय पर छोड़ दिया था। राम के इस वाक्य ने सीता का हृदय लहूलुहान कर दिया था। इतना संताप तो रावण की कैद में भी उसे नहीं हुआ जो राम ने उसे

दो पल में दे दिया था। उसने किशोर वय में राम का वरण किया था और तब से अब तक उसका मन उन्हीं के हृदय से जुड़ा हुआ था। सीता स्वयं को हारा हुआ महसूस कर रही थी। उसे लगा कि सब कुछ पाकर भी, उसने सब खो दिया है। उसके मन में विचार आया कि अभी इसी क्षण, अग्नि प्रज्वलित हो जाए और वह उसमें समा जाए। इस अपमान की अग्नि में जलने से बेहतर है कि पवित्र अग्नि में प्रवेश कर जाए। सीता ने अवरुद्ध कंठ से राम की ओर देखते हुए कहा-- "किशोर वय से अब तक साथ रहने पर भी क्या तुम मुझे इतना ही परख पाए हो? क्या दस माह में ही सीता और उसका चरित्र बदल गया?" सीता ने रोषपूर्ण स्वर में लक्ष्मण को अग्नि प्रज्वलित करने का आदेश देते हुए कहा—"अपने भ्राता की आज्ञा का पालन करो लक्ष्मण।"

क्रोध में सीता कुछ और कहती, किंतु तभी उसकी दृष्टि राम के चेहरे पर पड़ी, राम के चेहरे पर विषाद की रेखाएं थीं। वे सिर झुकाए बैठे थे जैसे अपने ही फैसले से अप्रसन्न हों।

सीता क्षणांश में समझ गई, राम ने उसे लोकोपवाद से बचाने के लिए ऐसा किया है। संभवतः माता अहिल्या के साथ हुए बर्ताव को वे भूले नहीं। कैसे दुष्ट इन्द्र ने भेष बदल कर उनके साथ छल किया और चन्द्र ने उसका साथ दिया और इन दुष्टों ने अपने अपराध का कलंक उनके सिर लगा दिया। लोकोपवाद के कारण कौन-सा कष्ट ऐसा था जो उन्होंने नहीं सहा। पर उनका यह फैसला सही नहीं है। अहिल्या का उद्धार करके राम ने समाज में स्त्री के लिए जिस उदार वातावरण का निर्माण किया था, आज उसे ठेस अवश्य पहुंचेगी। राम तो लोक रीतियों के निर्माता हैं।

फिर आज यह कैसा कठोर और अन्यायपूर्ण फैसला कर रहे हैं। क्या केवल इसलिए कि वे अयोध्या के भावी राजा हैं या फिर इसलिए कि सीता उनकी पत्नी हैं और कोई उन पर पक्षपाती होने

का आरोप ना लगा सके। पर जो भी होगा, वह गलत होगा। पुरुष से कोई प्रमाण नहीं मांगा जाएगा, लेकिन स्त्रियों के भाग्य में यह अग्नि-परीक्षा सदा के लिए लिख दी जाएगी।

उसने देखा कि लक्ष्मण अपने स्थान से हिले भी नहीं थे। आज पहली बार वह अपनी भाभी और भैया की बात की अवमानना कर रहे थे। समझ गई सीता कि लक्ष्मण उनके लिए अग्नि- प्रज्वलित नहीं करेंगे।

उसने स्वयं क्षण भर में अग्नि प्रज्वलित कर दी, वह तुरंत अग्नि प्रज्वलित करने की विधि जानती थी। अपने आत्मविश्वास के सहारे अंगारों पर कैसे चला जाता है। इससे भी वह परिचित थी। यह दोनों ही उसके लिए कोई बड़ी बात नहीं थी। फिर भी वह दुखी थी कि यह परंपरा आगे स्त्रियों के लिए कष्टकारक और अन्यायपूर्ण होगी।

अंगारों की ओर बढ़ती सीता एक क्षण रुकी, उपस्थित जन समुदाय और राम को संबोधित कर कहने लगी--"मुझे अग्नि-परीक्षा देने में कोई परेशानी नहीं है। पर मैं एक बात अवश्य कहूंगी कि क्या स्त्री सिर्फ शरीर है? उसके हृदय-मन -आत्मा का कोई मूल्य नहीं? कोई बलशाली पुरुष किसी स्त्री का अपहरण कर ले तो वह दोषी कैसे है? दोषी तो वह पुरुष है। फिर लोकोपवाद स्त्री के लिए ही क्यों? उस स्त्री के साथ क्या हुआ और क्या नहीं, इसकी गवाह तो सिर्फ वही है। लोग उसे सच्चा समझ कर उस पर विश्वास कर सकते हैं और झूठा समझ कर अविश्वास भी कर सकते हैं। पर मेरा प्रश्न इससे अलग है कि, जिस कार्य में स्त्री की कोई इच्छा नहीं, पुरुष के समान शक्तिशाली ना होने के कारण जो पीड़ित हुई हो, परिस्थिति का शिकार हुई हो, आखिर वह दोषी कैसे है?? राम तुम्हारे जैसा महापुरुष भी, यदि इस प्रकार का अन्यायपूर्ण फैसला करेगा तो, साधारण लोग फिर कैसा बर्ताव करेंगे??"

सीता धीरे-धीरे अग्नि की ओर बढ़ने लगी। उसके हृदय में

धधकती अग्नि के समक्ष इस अग्नि की तपिश कुछ भी नहीं थी।

राम किसी गहन सोच में डूबे थे। शायद उनके विचारों की तह तक पहुंचना किसी भी साधारण व्यक्ति के लिए संभव ही नहीं था।

उन्होंने सीता की बात सुनी तो सही, पर बोले कुछ नहीं! संभवतः सोच रहे थे कि सीता, इस मानव मन की निकृष्ट प्रवृत्तियों की थाह पाना इतना आसन नहीं। सम्पूर्ण जन समुदाय के समक्ष माता अहिल्या को निष्कलंक साबित कर, उनका उद्धार करने के पश्चात् भी मैं सदैव के लिए कोई ऐसा प्रमाण-पत्र नहीं दे सका जो समय और काल की गति से परे हो। कुछ दुष्ट जन आज नहीं तो कल और कल नहीं तो हजारों वर्ष बाद फिर विवाद उठा सकते हैं। किन्तु सीता, केवल आज या कुछ वर्ष नहीं, जब तक यह पृथ्वी रहेगी, सीता स्त्रियों के लिए आदर्श स्वरूप होगी! सीता का चरित्र कुंदन की भांति दमकता रहेगा। यह अग्निदेव तुम्हारे साक्षी रहेंगे, चाहे मेरे इस फैसले पर यह दुनिया सवाल उठा ले, पर सीता पर कोई उंगली उठाने की हिम्मत नहीं कर सकेगा

***

नोटः कहानी पूरी तरह तथ्यों पर आधारित है। कल्पना का समावेश होने पर भी मूल इतिहास के साथ किसी भी प्रकार की छेड़छाड़ नहीं की गई है। कहानी का आधार वाल्मीकि रामायण है।

हिम शिखर और चांदनी

कल्याणी ने करवट बदली। उसकी आँखों में दूर-दूर तक नींद नहीं थी। पिछले कुछ दिनों से वह अपने आप को एक अजीब से भावनात्मक चक्रव्यूह में घिरा महसूस कर रही थी। आशीष उसे उत्तराखंड की यात्रा पर ले जाना चाहता था, ...बद्रीनाथ व केदार नाथ के दर्शन करवाना चाहता था। सिहर उठी थी वह, इतने बरस बाद मानो सब कुछ ताजा हो गया था। अपने चेहरे के भावों को छुपाने का प्रयास करते हुए उसने कहा था –"नहीं बेटा! उत्तराखंड नहीं ! क्या हमारे देश में तीर्थों की कमी है ...क्यों फिर तू उत्तराखंड के ही पीछे पड़ा है ,...तू कहीं और ले चल !"

बहुत तर्क-वितर्क के बाद भी जब आशीष नहीं माना तो चीख पड़ी वह – "क्या हो गया है आशीष तुझे? हमेशा मेरी बात को आखिरी निर्णय मानने वाला मेरा बेटा, आखिर आज इतनी बहस क्यों कर रहा है?"

"माँ ! भगवान बद्रीनाथ, जिनके आशीर्वाद से मेरा जन्म हुआ ...उनके दर्शन अपनी माँ के साथ कर लूं और केदार नाथ जिनके दर्शन चाह कर भी तू उस समय नहीं कर पाई थी, उनके दर्शन भी तुझे करवा दूं ... बस यही चाहत मन में थी।"

आशीष को समझ में नहीं आ रहा था कि आखिर माँ इतनी उद्विग्न क्यों हैं?

अपनी बात को जारी रखते हुए उसने कहा – "माँ! पिताजी ही तो कहा करते थे कि मेरे जन्म के पहले पिताजी और तू, सेठजी–सेठानी जी के साथ उत्तराखंड की यात्रा पर गए थे। तब भोजन की व्यवस्था और सामान की रखवाली के लिए तुझे अकेले ही बद्रीनाथ में रुकना पड़ा था।"

"तेरे जैसा बेटा पा लिया और सारे तीर्थों का पुण्य कमा लिया रे मैंने, अब और कोई चाह बाकी नहीं आशु! वैसे भी पहाड़ों की यात्रा करने की जान अब इन बूढ़ी हड्डियों में कहाँ बची है बेटा !" किसी तरह टाल गई थी कल्याणी, पर इस मन को कैसे समझाए जो आज उसके समाधिस्थ अतीत को न केवल कुरेद रहा था, बल्कि कुदाल-फावड़ा ले कर पूरी तरह उखाड़ कर और उसके सामने लाकर पटकने को आमादा था। वक्त उलटी दिशा में दौड़ कर उसे बार-बार 40 बरस पीछे खींच रहा था...ऐसा नहीं था कि अतीत के इस छोटे से काल खंड ने उसे पहले कभी झकझोरा न हो, पर जीवन के अंतिम पड़ाव पर, मन में दबी-छुपी यह बात उसे बोतल में बंद जिन्न की तरह लग रही थी...किसी घटना को भुला देना आखिर इतना आसान क्यों नहीं होता? यूँ जीवन में कितनी ही बातें याद रखने योग्य होती हैं, पर न जाने कब विस्मृति के गर्भ में चली जाती हैं। इस घटना को भी तो उसने मामूली बात समझ कर भुलाने की कितनी कोशिश की पर जितना भुलाना चाहा, उतनी ही यह पत्थर की लकीर सी अमिट होती गई और साये की तरह उसके साथ चलने लगी ...! क्या इसलिए कि उस दिन जो कुछ भी हुआ, वह उसके संस्कारों के विरुद्ध था?

सोलह बरस की जागती आँखों से सपने देखने वाली वह अल्हड़ उम्र....विवाह हुआ दुबले-पतले,सांवले, सामान्य सी कद-काठी के बीस वर्षीय शिव प्रसाद से, जो सेठ के यहाँ मुनीम का काम करता था। 40 बरस लम्बे वक्त के गलियारों से दौड़ते-भागते हांफती सी

वह सेठ की कोठी के पिछले हिस्से में बने अपने दो कमरों व रसोई के उस छोटे से घर में जा पहुंची, जिसमें उन दोनों के अतिरिक्त दो और प्राणी-- उसके वृद्ध सास-श्वसुर रहते थे। वहां और भी छोटी–छोटी कोठरियां थीं, जिनमें सेठजी के अन्य नौकर–नौकरानियाँ अपने परिवारों सहित रहते थे। उसे लगा जैसे वहां वक्त यूँ ही ठहरा सा है। उन कोठरियों में रहने वाले हरिराम, मदन व रघु की पत्नियाँ लछमी, गोदावरी व मनभर .. उसे देखकर बाहर आ गई हैं..लटकों झटकों के साथ एक-दूसरे से बतियाते हुए कह रही हैं ...'वो देखो री वो बाँझ कल्याणी आई है।' 'अरे बहना ! बाँझ कहाँ ..? तू भूल गई उसके एक बेटा हुआ था ...सुना है बड़ा अफसर बन गया ..बड़े ठाट हैं भाई अब इसके तो ..!'

ऊंह ! सेठ के यहाँ झाडू-खटका करने वाली ये नौकरानियां तो पहले भी मेरे रुतबे से जलती थीं और आज भी जल ही रही हैं ...ईर्ष्या का कारण भी तो था ...नौकरों की हैसियत में भी तो फर्क होता है, कल्याणी भोजन व बच्चों की देखभाल में सेठानी की मदद करती थी। सेठानी भी उसे छोटी बहन जैसा स्नेह देतीं, उनके परिवार में घर के सदस्य सी घुल-मिल गई थी वह। वे तीनों कल्याणी से इसीलिए जलती थीं, मगर कल्याणी उन्हें जरा भी भाव न देती थी। खाली समय में वे पिछवाड़े में नीम-तले वाले चबूतरे पर बैठतीं और इधर–उधर की लगाई–बुझाई करतीं ...कल्याणी की सास भी कभी-कभी उनमें आ बैठती। कल्याणी की ख़ूबसूरती एक और वजह थी जलने की...कल्याणी नौकरानी जैसी लगती ही कहाँ थी, वह गौरवर्णी, तीखे नैन-नक्श वाली, अच्छी कद–काठी की रूपवती स्त्री थी। उसकी नीली झील सी आँखें बरबस ही सबका ध्यान अपनी ओर आकृष्ट कर लेती थीं, उसके हाव-भाव बोल-चाल सभी से अभिजात्य लक्षण टपकता था। वणिक परिवार से थे वे लोग, यह अलग बात है कि उनकी आर्थिक स्थिति अच्छी न थी।

सेठानी के चार बच्चे थे, जब कल्याणी ब्याह कर आई तो सबसे छोटी शीला गोद में थी। वक्त बड़े मजे में गुजर रहा था, पर एक बात थी जो शायद कल्याणी के अलावा सबके मस्तिष्क में कुलबुलाने लगी थी, विवाह को लंबा अरसा गुजर जाने के बाद भी कल्याणी की गोद सूनी थी। सेठानी के कहने पर उसने व्रत–उपवास करना व देवी–देवता ढोकना शुरू कर दिया था।

धीरे–धीरे उन तीनों की ही गोद भर गई ...तीनों के ही दो-दो ...तीन–तीन छोरा–छोरी उस नीम तले वाले चबूतरे पर खेलने लगे, मगर कल्याणी निस्संतान ही रही। सच तो यह है कि इस भरे-पूरे घर में जहाँ 8-10 छोटे–छोटे टाबर नीम तले धमाल मचाए रहते और सेठानी के चार बच्चे आँगन में चहकते रहते, कल्याणी को कभी संतान की कमी अखरी ही नहीं। फिर सेठानी के बच्चे भी तो उससे इतने हिले–मिले थे कि उसे अपने से ही लगते थे, चारों उसी के हाथ से नहाते–खाते, दोपहर में वह चारों बच्चों को लोरी और कहानियां सुना कर सुला देती। लछमी, गोदावरी व मनभर पीठ पीछे कल्याणी की सास को भड़कातीं, उसे बाँझ व निपूती जैसे शब्दों से नवाजती थीं ...यह बात कल्याणी से छुपी न थी, पर अपनी ही दुनिया में मस्त वह ध्यान ही कहाँ देती थी। यद्यपि कल्याणी की सास उसे गाहे-बगाहे इस बात को लेकर खरी-खोटी सुनाती रहती।

एक दिन उन तीनों ने कल्याणी के घर ऐसी आग लगाई जिसकी कल्याणी ने कल्पना भी नहीं की थी। उसकी सास ने भड़क कर ऐसी रार मचाई कि वह हतप्रभ रह गई...उस दिन सांझ को वह और शिव प्रसाद घर में घुसे ही थे कि आग उगलती, गालियाँ देती उसकी सास ने शिव प्रसाद की दूसरी शादी का ऐलान कर दिया... उसी समय कल्याणी को घर से निकालने पर जोर देने लगी ...शिव प्रसाद सीधा–सादा इंसान था, उसने माँ को शांत करने की बहुत कोशिश की, पर वह कहाँ शांत होने वाली थी। उसने तो शिव प्रसाद

पर ही जोरू के गुलाम का तमगा लगा दिया था...और शिव प्रसाद को यह शब्द किसी तीर की तरह चुभ गया था ..इस शब्द ने सास को किसी कुशल कूटनीतिज्ञ सी कामयाबी दिलाई थी। अब उसे कोई रोकने–टोकने वाला नहीं था, अब सास जब भी कल्याणी को कोसती, वह चुप ही रहता ...क्या करे कल्याणी जाए तो कहाँ जाए।

उफ़ कल्याणी कहाँ पहुँच गई है रे, दर्द की इस हवेली के द्वार बंद करके तो तू कब की बहुत दूर आ गई है..फिर क्यूँ आज लौट आई है यहाँ ! चल बाहर निकल जल्दी से...बाहर की ओर भागती कल्याणी का आँचल कहीं अटक सा गया...नहीं ! केवल दर्द का रेगिस्तान नहीं..इसी हवेली के एक कोने में कहीं प्यार का सोता भी फूटता था, बहन जैसा प्यार...उसके नन्हें-मुन्नों की माया-ममता किसी गुलाब की सी झाड़ी में अटक गई थी; उसका आँचल, जहाँ खुशबू थी, कोमलता थी और कांटे भी ....महकती बयार के साथ कोई तीखा सा कांटा चुभ गया था...।

आह....!! उसे याद हो आई वह बात जब सास के व्यवहार से बहुत दुखी होकर एक दिन वह रोती हुई सेठानी की शरण में पहुंची, सेठानी की गोद में सिर रख कर फफक पड़ी वह...सेठानी ने उसकी सास को बहुत समझाया। सास ऊपर से तो चुप हो गई, पर चुपचाप शिव प्रसाद के रिश्ते की बात इधर-उधर चलाती रही। ऐसी बातें छुपती कहाँ हैं ...? कहीं न कहीं से उस तक आ ही जातीं और वह मन मसोस कर रह जाती।

हँसती–खेलती कल्याणी को जैसे स्यापा मार गया था। उसने ढेरों व्रत–उपवास करने शुरू कर दिए, जगह-जगह संतान के लिए मनौतियां मांगनी शुरू कर दी थीं। मन में पुत्र की कामना लिए कल्याणी अपने पति के साथ आस–पास के सभी देवी–देवता ढोक आई थी। इस बीच सेठानी की सलाह पर वह अपनी डॉक्टरी जाँच भी करा आई...लेडी डॉक्टर ने रिपोर्ट देख कर कहा कि उसकी

रिपोर्ट बिल्कुल ठीक है, वह माँ बन सकती है, तो वह अवाक् रह गई...ख़ुशी से पागल हुई जा रही थी वह..तो वह बाँझ नहीं है ...! निपूती नहीं है... !! वह भी माँ बन सकती है !! लछमी, गोदावरी व मनभर की तरह उसके भी बच्चे हो सकते हैं, हाँ उसके भी दो–दो, तीन-तीन बच्चे इस नीम तले वाले चबूतरे पर धमाल मचा सकते हैं, दो–तीन क्यों, सेठानी की तरह चार भी...मन कर रहा था कि जोर–जोर से चीख-चीख कर कहे..अपनी सास को सुनाए, हाँ! मैं भी माँ बन सकती हूँ...बन सकती हूँ मैं भी माँ...बाँझ नहीं हूँ मैं...खबरदार !! कोई मुझे निपूती कहने की हिम्मत न करे। यह अपमान है, एक माँ का अपमान है, भावी माँ का जिसके बच्चे इस धरती पर आने का इंतजार कर रहे हैं। वह चीख–चीख कर बोलने ही वाली थी कि उसे लगा जैसे किसी ने उसके कंठ को भींच दिया है...लगा जैसे किसी ने उसका मखौल उड़ाते हुए कहा है –"तो अब तक माँ बनी क्यों नहीं तू मूर्ख स्त्री??" उसे दसों दिशाओं से यह सवाल प्रतिध्वनित होता हुआ सुनाई दे रहा था...

कहीं शिव प्रसाद ....??? सारी ख़ुशी काफूर हो गई उसकी... शरीर से जैसे पूरा रक्त ही निचुड़ गया था ...वहीँ फर्श पर धम्म से बैठ गई वह।

साँझ को शिव प्रसाद आया तो उसने उसे रिपोर्ट दिखाते हुए बताया कि वह बिल्कुल दुरुस्त है, अब उसे भी जाँच करवा लेनी चाहिए, जोर से हँस पड़ा शिव प्रसाद....अरे कहीं मर्द भी जाँच करवाते हैं बावरी ! ये जाँच–वाँच करवाना लुगाइयों के काम होते हैं।

कोठरी में चादर ओढ़ कर लेट गई...बहुत देर तक रोती रही वह...सही तो कह रहा है शिव प्रसाद, औरतें ही जाँच करवाती हैं.. उनकी रिपोर्ट सही हो या गलत...क्या फर्क पड़ता है? वह ही बाँझ कहलाती है? कोई मर्द आज तक बाँझ हुआ है? और अगर शिव

प्रसाद की रिपोर्ट सही ना हुई तो ...तो क्या कर लेगी वह..क्या उसे छोड़ कर औलाद के लिए दूसरा ब्याह रचाएगी? ये नेक काम भी मर्द ही करते हैं। कल्याणी ने सारी आपबीती सेठानी को सुनाई। इन दिनों सेठानी की उत्तराखंड की यात्रा की तैयारी चल रही थी। सेठ–सेठानी धार्मिक विचारधारा के थे। वे अक्सर तीर्थ यात्रा के लिए जाते रहते थे। शिव प्रसाद को भी साथ ले कर जाते थे...उन दिनों कल्याणी घर और बच्चों की देख-भाल किया करती थी..इस बार सेठानी ने अपनी बहन को बुलाया था, क्योंकि वह जानती थी कि कल्याणी इन दिनों मानसिक रूप से परेशान थी। कल्याणी की बात सुन कर सेठानी के होंठ भिंच गए ...बोली--"शिव प्रसाद की जाँच का अब क्या लाभ कल्याणी, तुम्हारी रिपोर्ट सही है तो सब कुछ साफ़ ही है न !"

"और फिर भी देखना कल्याणी, ये बुढ़िया तुम्हें घर से निकाल कर..शिव प्रसाद का दूसरा ब्याह कर देगी...एक और स्त्री का जीवन बर्बाद!" अपने चार वर्षीय बेटे के बाल संवारते हुए सेठानी की बहन चंदा ने कहा। "फिर क्या करूँ दीदी ... समझ में नहीं आता।" कल्याणी ने रुआंसी होकर कहा।

"ऊपर वाले के घर में देर है कल्याणी, अंधेर नहीं.. मेरा यह चन्दन भी विवाह के 15 बरस बाद हुआ है, मेरी सास ने भी इसी तरह मुझे बहुत परेशान किया था, साधू–संतों के आशीर्वाद और पीर–मजारों की मेहर से सब होता है कल्याणी! आप इस बार कल्याणी को भी ले जाओ न दीदी, घर तो मैं संभाल ही लूंगी।" चंदा बोली।

कल्याणी की सच्ची हितैषी सेठानी ने घोषणा कर दी थी कि वह यात्रा में बाहर का भोजन नहीं करेगी, भोजन बनाने के लिए कल्याणी को साथ ले चलना होगा। संतान के लिए कल्याणी की एक और तीर्थ यात्रा तय हुई।

यात्रा के शुभारम्भ का तयशुदा दिन आ गया था। अन्य सामानों

के साथ भोजन बनाने के लिए कुछ बर्तन और स्टोव भी रख लिया गया। ऋषिकेश में गंगा के निर्मल जल में स्नान किया गया। हरिद्वार में दर्शन किए और वे लोग दोपहर के समय बद्रीनाथ पहुँच गए। बद्रीनाथ तक आने का रास्ता कल्याणी को अभी तक रोमांचित किए था। गंगा के किनारे–किनारे चलती बस, बाप रे! एक ओर गहरी खाई तो दूसरी ओर ऊँचे पहाड़, नीचे गंगा की ओर देखती तो झाँई सी आ जाती, पहले से गिरी हुई कारें-बसें खिलौने सी दिखाई देतीं।

वहां पहुँच कर धर्मशाला में कमरा किराये पर ले लिया गया। तब होटल-वोटल का ज़माना तो था नहीं। साथ में तीन–चार दरी और चादरें थीं। कुछ कम्बल और गद्दे धर्मशाला का चौकीदार दे गया था। सेठ–सेठानी कमरे में आराम करने लगे, शिव प्रसाद व कल्याणी वहीं बरामदे में लेट गए। शिव प्रसाद जल्दी ही नींद के आगोश में चला गया, जबकि शाम के भोजन की चिंता कल्याणी को सोने नहीं दे रही थी। भोजन में कल्याणी अकसर शाम को दाल–चावल बना लेती और सुबह के समय पूरी–सब्जी बनाती। उपलब्ध होने पर सुबह के भोजन में बाजार से दही और मिठाई भी आ जाती। नाश्ते के लिए वे लोग घर से देसी घी के लड्डू व मठरियां भी ले कर चले थे।

संध्या को वे लोग नहा-धो कर बद्रीनाथ दर्शनों के लिए निकले। दूर–दूर तक आकाश को छूती श्वेत-श्याम पर्वत शिखाएं देख कर कल्याणी चमत्कृत थी। मंदिर में आरती हो रही थी, घंटे- झांझर - शंख की मधुर ध्वनि गूँज रही थी। कल्याणी झोली फैलाए मन ही मन अपनी वह मन्नत मांग रही थी जिसके लिए वह इतनी दूर चल कर आई थी। आरती के पश्चात् चारों धर्मशाला में लौट आए। कल्याणी ने तुरत–फुरत स्टोव निकाला और भोजन बनाने में जुट गई। शाम के भोजन में उसने अरहर की दाल और चावल बनाए

थे। भोजन करके सभी बरामदे में बैठ गए। अब आगे की यात्रा की योजना बन रही थी।

आगे केदार नाथ की यात्रा पैदल होनी थी। यात्रा में सामान ले कर चढ़ाई करना दुष्कर था, अतः निश्चित हुआ कि कल्याणी सामानों के साथ वहीं धर्मशाला में ठहरेगी व शिव प्रसाद सेठ-सेठानी के साथ ऊपर केदार नाथ जाएगा। इस समय रात्रि के 9 बजे थे, कल्याणी को उन तीनों के लिए पुन: रात्रि को 2 बजे उठ कर भोजन बनाना था। सर्दी बहुत अधिक थी, वे चारों कमरे में ही नीचे बिस्तर लगा कर सो गए। प्रात: सबसे पहले कल्याणी उठी। बरामदे में स्टोव जला कर दो वक्त की देसी घी की पूरियां व आलू की सब्जी बनायी, स्वयं के लिए भी उसने उसी वक्त भोजन बना लिया था।

सुबह 4 बजे वे तीनों केदार नाथ के लिए रवाना हो गए। कल्याणी को इतनी दूर अनजाने स्थान पर रहने में डर लग रहा था, आँखों का निरीह भाव सेठानी ताड़ गई थी। उसने कल्याणी का मनोबल बढ़ाते हुए उसके कंधे पर हाथ रखकर कहा-- "कल्याणी तू घबरा मत, कल सुबह तक तो हम लौट ही आएंगे। देख यहाँ ठंडे व गर्म पानी के दो कुंड हैं, इस सर्दी में गर्म पानी के कुंड में स्नान का अपना ही आनंद है। तू वहां स्नान करना..दुबारा बद्री नाथ के दर्शन करना और वहां देख (दूर पहाड़ी की ओर इशारा करते हुए) वहां एक साधू-महात्मा रहते हैं, सुना है, उनका बड़ा प्रताप है, उनका आशीर्वाद ले आना, हो सकता है तेरी आस पूरी हो जाए।"

उनके जाने के बाद कल्याणी दो-तीन कम्बल डाल कर बिस्तर में दुबक गई। अपने घर, अपने शहर से इतनी दूर अनजाने स्थान पर वह नितांत अकेली थी, यहाँ उसे कोई नहीं जानता था और वह भी किसी को नहीं जानती थी। एक अनजाने भय ने उसे दबोच लिया था। असुरक्षा के भाव से घिरी वह दो-तीन बार दरवाजे की कुंडी जाँच चुकी थी।

जाने कब उसकी आँख लग गई थी। सुबह वह जब उठी तो चारों ओर धूप खिली हुई थी। वह बगल में अपने कपड़े दबा कर गर्म पानी के कुंड में स्नान के लिए पहुँच गई। स्नान के बाद बद्री नाथ के दर्शन किए, वापस कमरे पर पहुँच कर भोजन किया और फिर लेट गई, पर ना तो उसे नींद आ रही थी और ना ही उसका मन लग रहा था। उसे अजीब सी ऊब हो रही थी। वह कमरे का ताला लगा कर धर्मशाला से बाहर सड़क पर आ गई। सब तरफ अनजाने-अजनबी से चेहरे थे। यात्री, अपने परिवार के साथ अपनी ही दुनिया में मस्त थे, इन सब के बीच कल्याणी को लग रहा था कि वह किसी और ही दुनिया की रहने वाली है, मानो किसी और ही ग्रह की प्राणी हो। पेड़ के नीचे लगी बेंच पर वह सिर टिका कर बैठ गई। दूऽऽर पहाड़ी की टेकरी पर वह मंदिर दिखाई दे रहा था जिसका जिक्र सेठानी ने किया था। मंदिर के शिखर पर हल्की धूप फैली हुई थी। कहीं धूप, कहीं छाँव वातावरण को अजीब सा रहस्यमय बनाए दे रहे थे। बादलों के हुजूम यहाँ से वहाँ तफरी कर रहे थे, किसी भी दृश्य को पल भर में अदृश्य कर देते ...तो किसी भी अदृश्य को पल भर में दृष्टिगत कर देते... मानो सृष्टि रंग मंच पर सूत्रधार की तरह पर्दा उठा और गिरा रही हो।

बिना किसी पूर्व योजना के कल्याणी के कदम अनायास ही उस टेकरी वाले मंदिर की ओर उठ गए, बादलों के बीच कभी मंदिर अदृश्य हो जाता तो, कभी राहें विलीन हो जातीं, कभी वह स्वयं बादलों के गुबार में खो जाती। बादलों ने आकाश से मिल कर ऊपर पहाड़ों और मंदिर को ढँक कर आकाश का ही हिस्सा बना दिया था। कल्याणी ने नीचे की ओर देखा तो बद्री नाथ के भवन व मंदिर तिरछी आती सूर्य की किरणों से जगमगा रहे थे। फिर ऊपर देखा तो चकित रह गई टेकरी वाला मंदिर, धीरे-धीरे स्पष्ट होता हुआ आसमान में टंगा स्वर्ग के हिस्से सा लग रहा था। पलट कर नीचे

देखा, अब नीचे की ओर बादलों का समुन्दर लहरा था। बादलों और सूरज की आँख-मिचौली के इस खेल में उसे मजा आ रहा था, किसी जादूनगरी का सा अहसास उसे हो रहा था। इस स्वर्गिक आनंद का सुख लेते हुए कल्याणी पल भर के लिए अपने सारे दुःख भूल गई थी। फिर याद आते ही मन ही मन भगवान से प्रार्थना करने लगी। उसके मन में सास की कटु उक्तियाँ व संतानहीनता की वजह से अब तक प्राप्त प्रताड़ना के प्रसंग उमड़ने लगे। जब मन शांत न हो, प्रसन्न न हो तो संसार का कोई भी सुन्दर दृश्य मन को ख़ुशी नहीं दे सकता। पल भर पहले कल्याणी के दमकते हुए चेहरे पर दर्द की कालिमा उसी तहर छा गई जैसे सूरज की रोशनी में नहाए रंग भरे संसार को बादल पल भर में स्याह कर दे रहे थे।

सहसा कल्याणी चौंक गई, यह कहाँ आ गई वह। अपने ही विचारों में खोई सी उसने पलट कर नीचे देखा....टेकरी का मंदिर अब नीचे दिखाई दे रहा था...बहुत आगे आ गई थी वह, पगडंडी पर चलते-चलते वह उसी पगडंडी से निकलती हुई एक दूसरी ही पगडंडी पर चल पड़ी थी। उसका गंतव्य पीछे ही छूट गया था। समय भी अधिक हो गया था, सूर्य देव अस्ताचल का रुख कर रहे थे। अब वापस लौट चलने में ही भलाई थी, मगर यह क्या वह लौटने के लिए मुड़ी ही थी कि आसमान से बारिश की मोटी-मोटी बूंदें गिरने लगीं। सांय–सांय कर बर्फीली हवाएं चलने लगीं। ऊँचे-ऊँचे देवदार व चीड़ के दरख्तों से टकराती हवाएं और तेज बारिश भयप्रद वातावरण बना रही थीं। वह बुरी तरह घबरा गई, पीले पत्ते सी कांपने लगी। थोड़ी दूरी पर उसे एक पुराना सा मंदिर नजर आया...डूबते को क्या चाहिए था, एक तिनके का सहारा। वह उसी ओर चल दी। मंदिर पर काई छाई हुई थी, बाहर बैठने के लिए दो गोखडे बने थे। उसने अन्दर झांक कर देखा, अन्दर कच्चा आँगन था, जिसमें फूलों की क्यारियां थीं, गुलाब...मरुआ, रातरानी व

चमेली की लता। आँगन के बीचोंबीच तुलसी चौरा बना था, जिसमें श्यामा तुलसी लगी थी। एक ओर कपास का पौधा लगा था। मंदिर बाहर से जितना खंडहर दिखाई दे रहा था, उतना अन्दर से नहीं था। आँगन के उस पार पक्का बरामदा था जिसके ठीक सामने कमरे में राधा-कृष्ण की मूर्ति विराजमान थी। यह गोधूलि की बेला का समय था। वह हिम्मत करके आँगन पार करते हुए चुपके से बरामदे में आ खड़ी हुई। बरामदे के दाहिनी ओर एक कोठरी थी और बायीं ओर एक गठे हुए बदन का ठिगने कद का पुरुष अंगरखा व आधी धोती पहने अंगीठी पर भोजन बना रहा था। सामने मंदिर में भगवा वस्त्र पहने एक ऊँचे कद का गौर वर्ण युवा संन्यासी पूजा की तैयारी कर रहा था। चेहरे पर तेज था, घुंघराले केश कंधों के नीचे तक फैले थे। छोटी-छोटी मूछें ओर दाढ़ी उसके चेहरे को और अधिक आकर्षक बना रही थीं।

उसने उचटती सी नजर से कल्याणी की ओर देखा और अपने काम में लग गया। इतनी देर बाद कल्याणी का ध्यान भी स्वयं की ओर गया। उसने सेठानी की दी हुई दानी शिफोन की गुलाबी रंग की साड़ी पहन रखी थी। आज गर्म कुंड में स्नान के बाद बालों का जूड़ा तक नहीं बनाया था। इस समय पूरी तरह भीग जाने के कारण साड़ी व बाल बुरी तरह उसके बदन से चिपके जा रहे थे। वह मंदिर के खंभे से टिक कर खड़ी हो गई।

संन्यासी पूजा के लिए आरती की पञ्च दीयों की झारी व हाथ में घंटी लिए उठ खड़ा हुआ। मंदिर में सुगन्धित अगरबत्तियों की भीनी महक फ़ैल गई थी। ठिगने कद वाला युवक उठ कर कल्याणी के पास आया और बिना कुछ बोले ही उसने बजाने के लिए एक घंटा कल्याणी के हाथ में दिया और एक अपने हाथ में ले कर बजाने लगा। घंटे की ध्वनि के साथ तीनों के समवेत स्वर में- 'ॐ जय जगदीश हरे...' के स्वर गूँज उठे।

"आप कौन हैं देवी? यहाँ इस निर्जन स्थान पर..इस समय कैसे ...?" पूजा समाप्ति के पश्चात् संन्यासी ने प्रसाद और आरती देते हुए कल्याणी से पूछा।

"मैं कल्याणी...संन्यासी जी! टेकरी के मंदिर के दर्शन के लिए निकली थी। राह भटक गई, ऊपर से मौसम भी खराब हो गया.... ईश्वर की कृपा से न जाने कैसे यह मंदिर दिखाई दे गया और यहाँ आ गई, वरना आज न जाने क्या होता।" उसने अपने भय पर काबू पाने का प्रयास करते हुए अटक-अटक कर कहा। इस समय तक बारिश और तेज हो गई थी। उसी समय आसमान में तेज बिजली कड़की, भय से कल्याणी की आँखें बंद हो गईं..उसने उस खंभे को जोर से जकड़ लिया जिससे वह टिक कर खड़ी थी। "डरो नहीं कल्याणी !यहाँ तुम सुरक्षित हो ...पर इस तूफानी रात में तुम्हें तुम्हारे घर तक तो नहीं पहुँचाया जा सकता। सुबह तुम्हें मदन नीचे तक पहुंचा आएगा। मदन! इन्हें पहनने के लिए दूसरे वस्त्र दो ...इन्हें सर्दी लग जाएगी।" संन्यासी ने बरामदे में बिछे गलीचे पर बैठते हुए कहा। उसके चेहरे पर एक आत्मीय मुस्कान थी।

मदन परिक्रमा में बनी एक दूसरी छोटी सी कोठरी से वस्त्र निकाल लाया। उसने सफ़ेद धोती, अंगरखा व सूती तौलिया कल्याणी को देते हुए कहा, "यहाँ तो यही वस्त्र मिलेंगे, जाओ उस कमरे में बदल लो।" कल्याणी वस्त्र ले कर दाहिनी ओर बने कमरे में गई। यह साफ़-सुथरा और अपेक्षाकृत बड़ा कमरा था, कमरे में एक ओर एक तख्ता लगा था जिस पर बिस्तर लगा था। यह शायद संन्यासी का कमरा था। फर्श पर गलीचा बिछा था, एक अलमारी में कई मोटी-मोटी धार्मिक पुस्तकें रखी थीं, एक तरफ एक अंगीठी थी जिसमें अंगारे दहक रहे थे और कमरे की गर्माहट को बढ़ा रहे थे। एक तरफ जलती लालटेन रखी थी, कोने में तिपाई पर तांबे का बड़ा सा राम झारा (नली वाला लोटा) पीने के पानी से भरा रखा

था, पास में पीतल का एक गिलास था, एक कोने में तह किए हुए बिस्तर रखे थे जिसमें सबसे ऊपर एक सफेद ऊनी शाल रखी थी। यह शायद संन्यासी की शाल थी। उसे सर्दी लग रही थी, उसने बिना किसी से पूछे वह शाल ओढ़ ली। एक ओर एक बड़ी सी तस्वीर लगी थी। यह शायद संन्यासी के गुरु थे, दरवाजे की ओर एक आईना लगा था। उसने वस्त्र बदले और तौलिये से बाल पोछने लगी। बाहर बारिश उसी तरह हो रही थी। वह सोच रही थी कि यदि उसे यह मंदिर न दिखा होता तो उसका क्या होता, इस ऊबड़-खाबड़ पहाड़ी रास्ते से वह कभी ज़िंदा लौट नहीं पाती। कहीं भी पैर फिसला और गहरी खाई में सैंकड़ों मीटर नीचे....उसकी लाश भी न मिलती। यह सोच कर कांप उठी वह...कोई नहीं जान पाता कि संतान की आस में टेकरी वाले मंदिर के बाबा से आशीष लेने और अपने बाँझ होने का कलंक मिटाने के लिए आई कल्याणी नाम की कोई स्त्री यहाँ से फिसल कर गिर गई और मर गई, न जाने कब और कैसे उसका कंकाल मिलता और शायद कभी भी नहीं मिलता। उसकी आँखों से दो बूँद अश्रु गिर कर उस ऊनी शाल में खो गए। बाहर आने के लिए पलटी तो आईने में उसका अक्स दिखाई दे गया, श्वेत वस्त्रों में अद्भुत रूप लग रहा था उसका, उसने अपने गीले वस्त्र बरामदे में डोरी पर सुखा दिए। वे दोनों थाली परोसे भोजन के लिए उसका इंतजार कर रहे थे। अंगीठी बीच में रखी थी।

"आओ कल्याणी! भोजन कर लो तुम्हें भूख लगी होगी।" संन्यासी ने थाली उसकी ओर खिसकाते हुए कहा। सचमुच कल्याणी को बहुत भूख लगी थी, सुबह के बाद उसने कुछ नहीं खाया था। वह चुपचाप खाने लगी..भोजन में मूंग की छिलके वाली दाल, धनिये की चटनी और चपाती थी। पिछले 16 घंटों से उसे जो एकाकीपन और असुरक्षा का भाव घेरे था, वह कहीं तिरोहित हो गया था। हल्की-फुल्की बातें होने लगी थीं। बीच-बीच में कल्याणी

संन्यासी के सुदर्शन रूप को निहार लेती थी। बाहर वर्षा तो थमने लगी थी किन्तु मौसम और अधिक खराब हो गया था। तेज हवाओं के साथ बर्फ गिर रही थी।

भोजन के पश्चात् मदन अपना बिस्तर परिक्रमा में लगाने का उपक्रम करने लगा था। उसने अधबुझी अंगीठी परिक्रमा में कोयले डाल कर रख ली थी। संन्यासी ने कोठरी की ओर जाते हुए गंभीर स्वर में कहा--"कल्याणी तुम कोठरी में विश्राम कर सकती हो।" कल्याणी चुपचाप संन्यासी के पीछे कोठरी की ओर चल दी। इसके अलावा और कोई रास्ता भी न था। अंगीठी में अंगारे दहक रहे थे, बिछी हुई चटाई और बड़ी सी दरी पर गर्माहट के लिए गलीचेनुमा कम्बल बिछा दिया गया था। कल्याणी कम्बल लपेटे खामोश सी बैठी थी। संन्यासी अपने बिस्तर पर बैठा न जाने किस चिंतन में खोया था। सहसा उसने प्रश्न किया –"कल्याणी! टेकरी वाले मंदिर पर यूँ अकेले आने का क्या प्रयोजन रहा?"

संन्यासी का कोमल मृदु स्वर सुन कर ...अब तक जप्त किया हुआ कल्याणी का दर्द रुलाई बन कर फूट पड़ा। उसने सब कह सुनाया, बद्री नाथ आने का प्रयोजन..किस तरह उसे वहाँ अकेले रुकना पड़ा... निस्संतान होने की वजह से अब तक प्राप्त प्रताड़ना... और क्यों वह टेकरी के मंदिर के साधू बाबा के दर्शन की गरज से अकेली चली आई! संन्यासी के स्वर में न जाने कैसी आत्मीयता थी कि एक बार शुरू हुई कल्याणी सब कुछ कह गई। संन्यासी उसे धीरज बंधा रहा था। उसका मधुर स्वर उसके जख्मों पर मरहम सा काम कर रहा था। सब कुछ कहने के बाद कल्याणी का जी रुई के फाहे सा हल्का हो गया था।

कुछ देर की चुप्पी के पश्चात् संन्यासी बोला –"क्या आशीर्वाद से संतान की प्रप्ति हो सकती है कल्याणी?"

"यह आप कह रहे हैं संन्यासी जी..? साधू-संतों के आशीर्वाद से

क्या ऐसा नहीं हो सकता? तो फिर एक बाँझ स्त्री क्या माँ नहीं बन सकती?" कल्याणी ने हैरानी से संन्यासी को देखा।

"कल्याणी तुमने थोड़ी देर पहले तो बताया था कि तुमने अपनी डॉक्टरी जाँच भी करवाई थी, तुम्हारी रिपोर्ट भी सही है, तो तुम बाँझ कैसे हुई? तुम माँ बन सकती हो, बल्कि तुम्हें इसका अधिकार है?"

"वही तो महाराज! इसीलिए तो मन्नत मागने आई हूँ? बद्री नारायण की कृपा से....या किसी साधू-संत के आशीर्वाद से मैं भी मातृत्व सुख प्राप्त कर सकूँ। टेकरी वाले बाबा के दर्शन तो मेरे भाग्य में नहीं थे महात्मा! पर आपके आशीर्वाद से मेरी मनोकामना फलीभूत हो, मुझे आशीर्वाद प्रदान करें!"

"सृष्टि के कुछ नियम होते हैं कल्याणी ! प्रकृति विज्ञान के नियमों पर चलती है, केवल आशीर्वाद से संतान की प्राप्ति नहीं हो सकती कल्याणी!" कल्याणी की अबोध सी बात सुनकर संन्यासी के चेहरे पर क्षण भर के लिए मुस्कान की रेखा उभरी और फिर उसकी गंभीरता के पीछे उसी तरह छुप गई जैसे बादलों के मध्य दूज का चाँद।

चौंक कर संन्यासी की ओर देखा कल्याणी ने, "मेरी समझ में आपकी बातें नहीं आ रहीं महात्मन्। हमारे शास्त्रों में इसके उदाहरण भरे पड़े हैं। संतों का प्रताप होता ही ऐसा है।"

"मैं समझ रहा हूँ कल्याणी तुम कौन से उदाहरणों की बात कर रही हो.... केवल आशीर्वाद या प्रसाद खाने से संतान की प्राप्ति हो सकती तो महाभारत की सत्यवती अपना वंश चलाने के लिए वेदव्यास जी को न बुलाती ...उस समय तो साक्षात् श्री कृष्ण मौजूद थे न... कल्याणी ! क्या वे आशीर्वाद नहीं दे सकते थे? निस्संतान स्त्री जिसका पति संतान उत्पन्न करने योग्य न हो, उसके लिए संतान-प्राप्ति का केवल एक ही तरीका है, और वह है नियोग प्रथा द्वारा संतान-प्राप्ति...जिसकी अनुमति हमारे शास्त्रों में दी गई है।"

कल्याणी सशंकित हो उठी, सोचने लगी कि अकेली स्त्री जान कर साधू के मन में पाप आ गया है। इच्छा हुई कि उस पाखंडी साधू को अच्छी तरह फटकार लगाए। युवा है, यदि मन पर वश नहीं चलता तो ये भगवा चोला पहनने की क्या आवश्यकता...विवाह क्यों न कर लिया, किन्तु परिस्थितिवश कुछ कह नहीं पाई, प्रकट में केवल इतना ही कहा--"संन्यासी जी! यदि संतान-प्राप्ति के लिए चरित्र का पतन ही जरूरी है, तो साधू-संत ही क्यों? उनकी तपस्या और साधना में खलल क्यों? यदि ऐसी प्रथा रही भी, तो गलत है न ..! जिन्होंने संयम का व्रत लिया हो, उन असंसारियों को पथभ्रष्ट क्यों करना चाहिए...इसके लिए क्या संसारी पुरुष कम हैं?"

"यदि सचमुच संत हुआ तो उसके पथ-भ्रष्ट होने का सवाल ही नहीं उठता, किन्तु संसारी पुरुष किसी स्त्री के आगे के जीवन में हस्तक्षेप नहीं करेगा, इसका क्या भरोसा? किन्तु संत असंसारी होते हैं, वे ऐसा नहीं करेंगे, उनसे इस प्रकार का कोई खतरा नहीं है।" कहते हुए संन्यासी कम्बल ओढ़ कर बिस्तर पर लेट गया।

कल्याणी सिमटी सी बैठी थी उसकी आँखों में दूर-दूर तक नींद नहीं थी। वैसे भी पराये पुरुष के साथ उस कमरे में सोने में उसे संकोच महसूस हो रहा था, पर दिन भर की थकान के बाद उससे अधिक देर बैठा नहीं रहा गया, वह पैर लंबे कर धीरे से लेट गई। अंगीठी में अंगारे दहक रहे थे, शायद इसीलिए खिड़की खुली रखी गई थी।

मौसम अब परिवर्तित हो चुका था, आंधी-तूफ़ान के बाद चारों ओर शांति व्याप्त थी। पूर्ण चन्द्र आकाश में मुस्करा रहा था। खिड़की से आती चांदनी का टुकड़ा कल्याणी के चेहरे पर छितरा रहा था। देवदार व चीड़ के ऊँचे-ऊँचे वृक्षों की फुनगियों पर अब भी रुई के फाहे जैसे बर्फ के टुकड़े लटक रहे थे। बिना पत्तों के एक दरख़्त में चाँद उलझा-उलझा सा दिखाई दे रहा था। श्वेत-श्याम हिमशिखरों पर चांदनी छिटक रही थी। चांदनी ने सम्पूर्ण हिमशिखरों को अपने

आगोश में ले लिया था, कभी चांदनी किसी बादल की ओट में छुप जाती तो कभी इठलाती-बलखाती किसी मुग्धा नायिका सी पुन: अपने प्रियतम से गलबहियां करती सी प्रकट हो जाती। प्रियतमा की ऐसी लुभावनी क्रीड़ाओं पर कोई मनुज कैसे स्थिरप्रज्ञ रह सकता है...? पर ये नीले-सफ़ेद उत्तंग हिमशिखर तो किसी स्थिरप्रज्ञ संन्यासी के समान मौन निर्विकार हैं ...अचानक उसका ध्यान सोए हुए संन्यासी की ओर गया। उसका चेहरा चन्द्र आभा से चाँद सरीखा दमक रहा था, उसकी सांसें स्पष्ट सुनाई दे रही थीं ..फैले हुए श्वेत कम्बल में उसका शरीर इन मौन शिखरों सा ही प्रतीत हो रहा था... कैसे निर्लिप्त हो कर सो रहा है, आखिर कोई ऐसे... कैसे सो सकता है... उसकी आँखों में तो दूर-दूर तक नींद नहीं है। उसे लगा जो कुछ उसने थोड़ी देर पहले संन्यासी के बारे में सोचा, वह सही नहीं था। संन्यासी की देह से उठती चन्दन की गंध रह-रह कर उसकी सांसों को महका जाती थी... आज वह जैसा महसूस कर रही थी, वह अद्भुत था। ऐसा उसने पहले कभी महसूस नहीं किया..न जाने कैसा व्यामोह व्याप्त हो रहा था उसके चारों ओर।

उसने बेचैनी से करवट बदली .....वह फिर चाँद को निहारने लगी ...स्निग्ध नीले आसमान में विचरता चाँद झील में तैरता सा जान पड़ रहा था...उसकी आँखें भी तो नीली ही थीं, बिल्कुल झील जैसी...जिसमें अभी चाँद की नन्हीं छवि दिखाई दे रही थी...लगा कि चाँद उसकी आँखों में कूद ही पड़ा है...आँखों से दिल का रास्ता नापने में उसे चंद पल लगे.....दिल की धडकनें बढ़ने लगीं...चांदनी दिल से धमनियों में और शिराओं में बहने लगी....मानो स्वयं चांदनी-मय हो गई ...वह व्याकुल हो उठी चांदनी हिमशिखर पर छा जाने को...न जाने किस चेतना के वशीभूत हो कर आहिस्ता से वह उस मौन हिमशिखर के करीब आ गई....।

आकाश में विहँसती लुका-छिपी करती चन्द्र आभा सी .....

स्थिर, मौन हिमशिखर सजीव हो उठा...सारी सृष्टि मुस्करा दी...चाँद शरमा कर बादलों की ओट में चला गया...चाँद ..चांदनी ..वृक्ष... हिमशिखर.....सम्पूर्ण सृष्टि एकाकार होने लगी, हवा तेज गति से बहने लगी....चीड़...देवदार से चिपके हिमकण झर गए...सन-सन करती हवा की सांसें कभी रुकतीं....कभी थमती रहीं...तूफानी रात अपने अंतिम प्रहर में आ ठहरी, बिल्कुल शांत रूप में....वक्त ठहर सा गया ..रात बस पल भर की हो गई।

....इससे पहले कभी इतनी छोटी न थी...हिमशिखर के वक्ष पर बादलों के केश फैले थे। भोर का आगमन चांदनी को अपना आँचल समेटने का संकेत कर रहा था...चांदनी की यह कैसी विवशता थी!

"उठो कल्याणी ! तुम्हें सुबह होने से पूर्व लौट जाना चाहिए।" कहते हुए संन्यासी बाहर चला गया। यह कैसा आदेश था उसका जो हृदय पर चोट सा कर गया था..वह हड़बड़ा कर उठ गई... जाना तो उसे था ही...वह बुझे मन से तैयार हो रही थी। फिर से अपनी दानी शिफोन की गुलाबी साड़ी में आवृत हो गई थी। धीमे कदमों से वह बाहर आ गई, मन शरीर का साथ नहीं दे रहा था, कदम आगे बढ़ने से इनकार कर रहा थे। भोर के उजाले में उसने मंदिर और उस कमरे को देखा। इतना अपनापन क्यों था इन दीवारों में ..क्यों अब तक की बीती जिन्दगी एक पराया सपना सा लग रही थी।

वे दोनों मंदिर से बाहर आ गए, संन्यासी ने वह ऊनी सफ़ेद शाल जो कल्याणी ने रात ओढ़ा था, उसके कंधों पर डाल दिया... कल्याणी ने उसे कस कर अपने से लपेट लिया, शाल में भीनी चन्दन की गंध व्याप्त थी, भोर का तारा आसमान में चमक रहा था। वातावरण में नमी छाई थी, वृक्ष के पातों पर रात को गिरे हिम-कण.. जल बिंदुओं में तब्दील हो कर....प्रिय के विछोह में झरते चांदनी के अश्रु बन गए थे। एक अजीब सा बचकाना सवाल उसके मन में उठा...क्यों जरूरी है उषा का आना?...क्यों जरूरी है चांदनी का चले

जाना? कितना अच्छा हो कि ये रात कभी ख़त्म ही न हो।

टेढ़ी-मेढ़ी फिसलन भरी पगडंडियों पर बार-बार कल्याणी के कदम डगमगा जाते तो, संन्यासी उसका हाथ थाम कर उसे सहारा देता। इस समय कल्याणी के मन में घोर विप्लव व्याप्त था। काश कि वक्त यहीं ठहर जाए, काश कि इस रात की सुबह कभी न हो ...यह कैसी विवशता है? वह कभी उन मौन शिखरों को देखती तो... कभी संन्यासी को.....एक बार कुछ बोले तो सही...वह तो सारी उम्र इस खंडहर में बिताने को तैयार है। यदि वह वापस ही न जाए तो क्या होगा...वे तीनों उसे कल ढूंढ़ेंगे...शायद एक-दो दिन यात्रा स्थगित कर दें या फिर रिपोर्ट लिखवा कर ही लौट जाएँ..उसकी सास तो वैसे भी शिव प्रसाद की दूसरी शादी करवाना चाहती है, करवा देगी। उसे लग रहा था उसके जीवन को अर्थ मिल गया है जीवन में उसे पहली बार प्यार हो गया है...और प्यार जीवन को कितना खूबसूरत बना देता है, आज उसे इसका अहसास हो रहा था ...इतना सुन्दर तो ये जीवन पहले कभी नहीं लगा ...ये पेड़ ,ये बादल, ये चाँद ..ये पूरी कायनात कितनी खूबसूरत है...पहले कभी भी इतनी खूबसूरत क्यों नहीं लगी?

'लेकिन यह निर्मोही कुछ तो बोले...इस पहाड़ में और इसमें क्या फर्क है? उंह, बिल्कुल पहाड़ सा निर्जीव ..निःशब्द ...पहाड़ तो होता ही पत्थरों से बना है ...पत्थर कहीं का !' वह बड़बड़ा उठी। विचलित हृदय ..और यंत्रचालित सी देह ...गिरते-गिरते बची...यदि संन्यासी ने संभाल न लिया होता तो...तो न जाने क्या होता।

"क्या हुआ कल्याणी ...तुमने कुछ कहा?" अपने क़दमों को जमीन पर पुनः जमाने का प्रयास करती कल्याणी की सहायता करते हुए संन्यासी ने पूछा।

"जी ..! जी कुछ नहीं...! कुछ भी तो नहीं ...!" अचकचा गई कल्याणी ..फिर संभलती हुई बोली –"मैं आपका नाम पूछ रही थी..

अब तक पूछा नहीं न, और आपने बताया भी नहीं।"

"क्या करोगी जान कर कल्याणी ! संन्यासी के नाम में क्या रखा है ... ! संन्यासी...!.बस संन्यासी! ही रहने दो।" संन्यासी के चेहरे पर स्निग्ध मुस्कान थी। इस मुस्कान ने ही तो कल्याणी का दिल चुरा लिया था, वह अनमनी सी दूसरी तरफ देखने लगी।

ढलान ख़त्म हो चुकी थी। वे पहाड़ों की गोद में बसे बद्री नाथ की सीमा तक आ पहुंचे थे। "ठीक है कल्याणी ! अब मैं चलता हूँ.. आगे का रास्ता तुम्हें अकेले ही तय करना होगा।" इस वाक्य पर जोर देते हुए संन्यासी ने कल्याणी का हाथ छोड़ दिया।

एक झटका सा लगा कल्याणी को...उसने पनीली आँखों से संन्यासी की ओर देखा...उसकी नजरों में खंडित प्रेम का विछोह... विवशता और मान जैसे अनेक भाव थे...जो पत्थर को भी पिघलाने की क्षमता रखते थे...क्षणांश भी संन्यासी इन नजरों का सामना नहीं कर पाया ..वह झटके से पलट गया।

कल्याणी पल भर जड़वत सी वहीं खड़ी रही ...फिर उसने वह दुस्साहस किया जिसकी कल्पना शायद उसने स्वयं भी नहीं की थी....वह पलट कर संन्यासी के सम्मुख जा खड़ी हुई....संन्यासी का हाथ पकड़ कर बोली –"मत जाओ संन्यासी...! मुझे छोड़ कर मत जाओ ...!" अब तक जिस मान पर अड़ी थी उसे एक ओर रख कर.. फिर बोली –"मैं सारी उम्र तुम्हारे साथ इस मंदिर मैं बिता दूंगी.... मुझे अपने साथ रहने की इजाजत दे दो संन्यासी !"

"कल्याणी ! संत असंसारी होते हैं, वे किसी के जीवन में हस्तक्षेप नहीं करते ...और तुम्हें इस तरह साथ रखने का मुझे अधिकार ही क्या है? थोड़ी देर बाद तुम्हारा पति लौट आएगा..वह तुम्हें ढूंढ़ेगा ..उसे तुम्हारी जरूरत है ...जाओ, लौट जाओ कल्याणी ! अपनी दुनिया में लौट जाओ !" उसने स्नेहिल नजरों से कल्याणी को देखा ....और अपना हाथ उसकी कोमल हथेली से मुक्त कर लिया ..।

अपने दाहिने हाथ से धीरे से उसके मस्तक को छुआ और आसमान की तरफ हाथ उठाते हुए कहा--"जाओ कल्याणी.... तुम्हारी मनोकामना पूरी हो !" इतना कह कर वह एक झटके से पलट कर तेज गति से बढ़ गया।

कल्याणी उसे जाते हुए अपलक निहारती रही, जब तक वह नजरों से ओझल नहीं हो गया। वह धीरे-धीरे अपने गंतव्य की ओर बढ़ने लगी। उसके क़दमों में इतनी शिथिलता थी, मानो युगों से बस चलती ही आ रही हो। धर्मशाला लौट कर वह कम्बल ओढ़ कर लेट गई ..मन बहुत अनमना था...संन्यासी की दी हुई शाल उसने तह करके संदूक में रख दी...पर चन्दन की गंध थी कि मन से जाती ही नहीं थी।

दिन चढ़े कमरे के द्वार पर दस्तक से उसकी आँख खुली सेठ-सेठानी और शिव प्रसाद लौट आए थे।

"क्या हुआ तुम अभी तक सोई हो कल्याणी, तुम्हारी तबीयत तो ठीक है न !" शिव प्रसाद ने चिंतित स्वर में पूछा। सेठानी ने उसका माथा छुआ –"अरे ! इसका तो माथा तप रहा है, बुखार चढ़ा है।" उसने कल्याणी को लेटी रहने का इशारा किया।

दूसरे दिन वे बद्री नाथ से लौटने के लिए रवाना हो गए। जीवन फिर वही पुराने ढर्रे पर चलने लगा। कल्याणी की सांसों को चन्दन की गंध कई बार महका जाती, यूँ तो पूर्णिमा कई बार आई, कई बार चाँद आसमान में खिला, पर चांदनी कभी कल्याणी की आँखों में नहीं उतरी। उसके दिल तक नहीं पहुंची, फिर कभी उसकी शिराओं में नहीं बही...।

कुछ ही दिनों में पता चला कि कल्याणी माँ बनने वाली है। कार्तिक पूर्णिमा पर मुनीम के यहाँ चाँद सा गोरा-चिट्टा गोल-मटोल बेटा पैदा हुआ। कल्याणी के सास-ससुर फूले नहीं समाए। शिव प्रसाद ने खूब लड्डू बांटे...बेटे का नाम आशीष रखा..आशीर्वाद ही तो था वह बद्री नाथ का।

शिव प्रसाद ने मुनीमगीरी का काम छोड़ कर अपनी एक छोटी सी दुकान खोल ली थी। एक कच्चा-पक्का मकान भी बना लिया था जिसमें कल्याणी का राज चलता था। कल्याणी ने अपनी हैसियत के अनुसार अपना घर खूब अच्छे से सजाया था। कच्चे आँगन के बीचों-बीच तुलसी का चौरा था ...छोटा सा राधा-कृष्ण का मंदिर था। गुलाब, मरुआ, मोगरा के फूलों की क्यारियां थीं जिनके बीच उसका नन्हा कान्हा ठुमकता रहता और उसके सास-ससुर उसी में मग्न रहते। नन्हा धीरे-धीरे बढ़ रहा था। कल्याणी यह देख कर फूली नहीं समाती थी कि उसका बेटा आसपास के सभी बच्चों की तुलना में अधिक होनहार, सुन्दर और बुद्धिमान है।

जिन्दगी को एक अर्थ मिल गया था, एक सुखी पारिवारिक जीवन का सपना हकीकत बन गया था ..सब कुछ ठीक चल रहा था, पर दिल में एक दंश था...आत्मा पर झूठ का बोझ था जो कभी भी उसे बेचैन कर जाता..आशीष अपने पिता का नाम पूछने पर तुतलाती जुबान में कहता –'छिव पसाद छम्मा' तो बरबस ही कल्याणी को संन्यासी का ख़्याल आ जाता, वह सोचती अच्छा ही हुआ जो उसने अपना नाम नहीं बताया अन्यथा..जब भी आशीष से पिता का नाम पूछा जाता, वह नाम उसके मन-मस्तिष्क पर वार करता।

आशीष हर परीक्षा में अव्वल रहा, पढ़-लिख कर बैंक मैनेजर बना, घर में समृद्धि आई। मानवीय गुणों से भरपूर आज्ञाकारी बेटा पाकर कल्याणी और शिव प्रसाद दोनों निहाल हो गए ... आशीष के जैसी ही सुन्दर, गुणवती बहू आई ...आती भी क्यों नहीं आखिर... आशीष की ही तो पसंद थी। तीन प्यारे-प्यारे पोते-पोती उनके जीवन में आ गए, घर स्वर्ग से सुन्दर हो गया। कौन सा सुख बाकी रहा जो कल्याणी और शिव प्रसाद ने नहीं पाया या उसके सास-ससुर ने नहीं देखा। पहले आशीष को पाकर निहाल थे, बाद में उसके बच्चों में निमग्न रहे। आशीष ने माता-पिता की खूब सेवा की।

कुछ माह हुए मुनीम शिव प्रसाद इस दुनिया में नहीं रहे। यूँ तो कल्याणी को कई बार झूठ के दंश ने डसा, पर जब से मुनीम की मृत्यु हुई, उसकी आत्मा पर यह बोझ बढ़ता जा रहा था। लगता था तमाम उम्र झूठ पर गुजार दी, पूरा जीवन अपने पति को धोखा दिया। जब से आशीष ने उसे उत्तराखंड की यात्रा के लिए कहा था, वह बेचैन हो उठी थी...वक्त उलटी दिशा की ओर दौड़ कर उसे 40 बरस पीछे ले गया ...आजकल उसे नींद नहीं आती थी ...आज भी यूँ ही करवटें बदलते आधी रात गुजर गई थी।

उसने खिड़की से बाहर देखा ..आसमान की झील में पूरा चाँद तैर रहा था जैसे ठीक 40 बरस पहले..उस रात को...! वह देर तक चाँद को निहारती रही...चाँद में उसे ऊपर हाथ उठाये संन्यासी की आकृति दिखाई दे रही थी। लगा चाँद आज फिर उसकी आँखों में उतर गया था। चांदनी फिर से उसके रक्त में प्रवाहित होने लगी ...वह बादलों के गुबार में चलती हुई फिर उन टेढ़ी-मेढ़ी पगडंडियों पर चलती हुई फिर मानो उस पुरातन मंदिर में पहुँच गई, वह अब भी वैसा ही था। फूलों की क्यारियाँ पार कर वह दाहिनी ओर की उस कोठरी के द्वार पर पहुंची...क्षण भर यूँ ही ठिठकी सी खड़ी रही। कोठरी के द्वार पर दस्तक के लिए हाथ उठाती उससे पूर्व ही आवाज आई—"द्वार खुला है, कल्याणी अन्दर आ जाओ!" द्वार अपने आप खुल गया...सामने चटाई पर संन्यासी श्वेत वस्त्रों में बैठा था। कन्धों तक बिखरे सफ़ेद बाल और सफ़ेद दाढ़ी उसकी गरिमा को बढ़ा रहे थे, बिल्कुल इन श्वेत हिमशिखरों की तरह। सामने चुपचाप बैठ गई कल्याणी ... "आपको बंद द्वार से कैसे पता चला संन्यासी की मैं हूँ !"

"पता था....कल्याणी कि तुम आओगी, बहुत परेशान हो न !"

"आखिर क्यों ?" पहले की तरह कल्याणी की रुलाई फूट पड़ी ...उसने अपने मन की सारी पीड़ा, वेदना ...कह सुनाई।

"कल्याणी! पहली बार तुम आईं तो संतानहीनता के कारण

दुखी थी और इस बार तुम इसलिए दुखी हो कि तुमने संतान प्राप्त ही नहीं की बल्कि तुमने और तुम्हारे पति ने संतान से प्राप्त होने वाले सारे सुखों को भोगा ..!"

"क्या करूँ संन्यासी झूठ का बोझ आत्मा को चैन से नहीं रहने देता।"

"तुमने झूठ क्यों बोला कल्याणी...जरा सोचो...! क्योंकि तुम्हारा परिवार और यह समाज सच को स्वीकार नहीं करता ..यही न ! जिस झूठ से तुम्हारे पति शिव प्रसाद का जीवन सार्थक हो गया.. तुम और तुम्हारे...सास-ससुर सब सुख से रहे..उस एक झूठ के लिए इतना दुखी होना क्या उचित है कल्याणी? जरा इसके विपरीत सोच कर देखो...तुम आज भी वैसी ही निस्संतान होतीं...विचार करो तब किन परिस्थितियों से सामना होता तुम्हारा। तुम्हारा लाडला बेटा आशीष, तुम्हारे जीवन में आया ही न होता तो !"

"नहीं संन्यासी ..! उन परिस्थितियों की कल्पना भी किसी दुस्वप्न से कम नहीं... मैं हार चुकी थी, थक चुकी थी। पता नहीं आज जीवित भी होती या नहीं और आशीष के बिना तो इस जीवन का कोई अर्थ नहीं होता संन्यासी !"

"तो भूल जाओ सब कुछ ...सिर्फ इतना याद रखो कि जिस एक झूठ ने सबको खुशियों भरा जीवन दिया, वह एक झूठ, सौ कटु सत्यों से अच्छा है। महाभारत की सत्यवती को तो झूठ नहीं बोलना पड़ा ...कुंती को तो झूठ नहीं बोलना पड़ा ...क्यों ? क्योंकि उस समय की परम्पराएं इस बात की इजाजत देती थीं। समाज ही हमें झूठ बोलना सिखाता है। अपनी आत्मा से बोझ उतार दो कल्याणी !"

"ठीक कह रहे हो संन्यासी ! मैं सांसारिक बुद्धि की स्त्री अकारण ही भ्रमित हो रही थी।"

"क्या हुआ माँ ! क्या सपना देख रही हो?" बहू के स्वर से कल्याणी की आँख खुली। वह चाय ले कर खड़ी थी।

“आ..हाँ...सपना ही देख रही थी रे, जा आशीष से कह दे हम यात्रा पर उत्तराखंड ही चलेंगे, टिकट बुक करवा ले। मुझे बद्री नाथ का आशीर्वाद मिला, तुम सबको भी तो उनका आशीर्वाद मिलना चाहिए।”

“माँ उत्तराखंड की यात्रा के लिए मान गई है।” बहू के चहकने की आवाज आ रही थी। बच्चे भी खुश हो गए थे ... .आज बहुत दिनों बाद कल्याणी ने पुरानी संदूक से वह सफ़ेद ऊनी शाल निकाल ली थी ..वह यूँ ही ज्यों की त्यों तह की हुई अब तक रखी थी। दूर कहीं कबीर के भजन की स्वर लहरियां सुनाई दे रही थीं .....

झीनी रे बीनी चदरिया...

***

सेतु निर्माण

पिताजी के देहावसान को पूरा एक वर्ष बीतने वाला था। उनकी बरसी की मेरी तैयारी पिछले कई दिनों से चल रही थी। मैं उनकी पुण्यतिथि पर अपने पहले कहानी संग्रह का विमोचन करवाना चाहता था। यह कहानी संग्रह मैंने उन्हीं को समर्पित किया था।

पुस्तक प्रकाशित हो कर आ चुकी थी। अपनी पहली पुस्तक को हाथ में ले कर मैं आत्मविभोर हो रहा था, ठीक उसी तरह जैसे कोई माँ अपने नवजात शिशु को अपने हाथ से स्पर्श करके होती है। मेरा जन्म गाँव में हुआ था। वहां उस समय कोई आठवीं-दसवीं से अधिक नहीं पढ़ पाता था, माँ अनपढ़ थीं। पिताजी हिसाब-किताब भर कर लेते थे, पर दोनों ने हम बच्चों को पढ़ाने-लिखाने में कोई कमी नहीं रखी थी। गांव में आगे स्कूल न होने की वजह से उन्होंने मुझे और मेरी दोनों बड़ी बहनों को शहर में कमरा ले कर पढ़ने के लिए रखा। उस ज़माने में कोई बेटियों को पढ़ाने के लिए इतना जोखिम नहीं उठाता था जितना मेरे किसान माता-पिता ने उठाया और जमाने भर के व्यंग्य कटाक्ष सुने। पर जब मेरी दोनों बहनें सरकारी नौकरी में आ गईं-- बड़ी दी विज्ञान की व्याख्याता और छोटी दी हिंदी की व्याख्याता बन गईं तो सबके मुंह बंद हो गए और माता-पिता का सिर गर्व से ऊँचा हो गया। मैं अपनी साहित्यिक अभिरुचि, कृषि संबंधी जानकारी व क्षेत्रीय भाषा पर अच्छी पकड़

के कारण आकाशवाणी में चयनित हो गया, अभी सहायक निदेशक के पद पर कार्यरत हूं। मेरी आवाज़ आकाशवाणी पर सुन-सुनकर माता-पिता बहुत खुश होते, गांव का लक्खी अब लखन कुमार व लखन बाबू के नाम से जाना जाने लगा था। अपने गांव का ही नहीं, आसपास के सभी गांवों का हीरो बन गया था। मैं जब गांव जाता तो लोग मुझसे मिलने को आतुर रहते।

पुस्तक हाथ में लिए आंखें बंद किए मैं अतीत की पगडंडियों से गुजरता गांव की गलियों में पहुंच गया। छोटे से तालाब में नहाना, गायों-भैंसों के पीछे जंगल में जाना, बेर की झाड़ियों से ढेर सारे बेर तोड़ना। खेत-खलियान में घूमना। कई सारे मेरे स्वयं के चित्र और कई माता-पिता के चित्र मेरी आंखों के सामने से गुजरने लगे।

लहंगा-ओढ़नी पहने मां, उपले थापती मां, ज्वार के आटे से गोल-गोल फिरकियों सी रोटी बिना चिमटे के सेंकती मां...दूध दुहती मां..... बिलौनी से छाछ बिलो कर मक्खन निकालती मां। अनेक रूपों में आ खड़ी हुई वह मेरे सामने।

मेरे पिता! कंधे पर हल रखकर बैलों की रस्सी थामे खेतों की ओर जाते... पिता, खेत में पिता के पीछे- पीछे चलती गेहूं के दाने डालती मां। बैलों व हाली की सहायता से पिता जब लाओ चड़स से सिंचाई करते और पानी से भरा हुआ चड़स उनके चरणों में आकर गिरता तो उनके खुरदरे पैरों को पखारता सा जल ढाणे में होता हुआ धोरों की ओर बढ़ता जिसमें टप -टप टपकते उनके स्वेद बिंदु भी उसी में मिल जाते.... कैसे निखर जाते थे उनके पैर इन दिनों। जब फसल के अंकुर फूट आते और नन्ही-नन्ही पत्तियों पर रात के कुहासे के बाद प्रात: सूर्योदय के समय ओस के कण चमकने लगते तो.. मुझे पिता का वह स्वेद बिंदुओं से भरा चेहरा याद आ जाता। जब फसलें थोड़ी बड़ी हो जातीं तो हवा चलने लगती और खेत समुंदर से जान पड़ते। हवा से फसलें हिलोरें लेने लगतीं तो मां और

पिताजी के चेहरे पर भी ऐसी ही संतोष की लहरें उठतीं। जब गेहूं और सरसों की बालियां खेतों में झूमतीं तो झूमते खेतों की परछाईं उन दोनों की आंखों में नज़र आने लगती। फसल की रखवाली की चिंता में पिता रात-रात भर पलक झपकना भूल जाते। हाड़ कंपा देने वाली कड़ाके की ठंड में वे रात भर अलाव जलाकर खेतों की मेड़ पर बैठे रहते। आज पिताजी न रहे .....होते तो कितना खुश होते। मैं स्मृतियों में डूब-उतर रहा था कि मां का फोन आया - "थारा बाबूजी री बरसी आने वाली है बेटा, तू गांव कदे आसी?"

"पर मां बाबू जी की बरसी की तैयारी तो मैंने यहां कर रखी है। मैं अपने कहानी संग्रह का लोकार्पण उसी दिन करवाना चाहता हूं। यह कहानी संग्रह मैंने बाबू जी को समर्पित किया है।"

"अच्छी बात है, बेटा। पर गांव में तो पूरे रीत-रिवाज़ से बरसी होनी जरूरी है। बेटा, गांव के रीति-रिवाज़ तो तू जाने है।"

"तो फिर ऐसा करते हैं मां पुस्तक का लोकार्पण तारीख के हिसाब से कर देते हैं और गांव में बरसी तिथि के अनुसार कर लेते हैं।" मैंने बीच की एक राह निकाली, मां ने हामी भर दी। समस्या का हल निकल गया था, माँ तैयार हो गई थी। तारीख और तिथि में दो-तीन दिन का अंतर था। पुस्तक का लोकार्पण तीन दिन पहले होना था। गांव के कार्यक्रम की जिम्मेदारी मां पर छोड़कर मैं पुस्तक लोकार्पण की तैयारी में जुट गया। लोकार्पण के दिन सुबह-सुबह अचानक गांव के पड़ोसी काका रामदीन के साथ मां को आया देखकर मैं चौंक पड़ा। "मां तुम यहां!" मेरे मुंह से आश्चर्य से निकल पड़ा। "तू किताब लिख्यो है छोटू, तो भी थारा बाबूजी ने समर्पित है। बता मैं कियां नी आती?" मैं पल भर को शर्मिंदा सा हो गया। इस कार्यक्रम के लिए मैंने कई नामी-गिरामी हस्तियों को आमंत्रित किया था और मां को बुलाना ही भूल गया था। नहीं ! शायद भूला नहीं था। मैंने शायद इसकी आवश्यकता ही नहीं समझी थी। माँ

पढ़ना-लिखना नहीं जानती, फिर इस साहित्यिक कार्यक्रम में आ कर क्या करेगी भला। फिर गांव की किसान मेरी माँ कुछ बेमेल नहीं लगेगी क्या इस कार्यक्रम में? शायद ऐसी ही कुछ सोच थी अवचेतन में।

मुझे कार्यक्रम स्थल पर पहुंचने की जल्दी थी, मैंने मां के पैर छूकर, रवाना होते हुए कहा—"मैं आप लोगों को लेने गाड़ी भेज दूंगा।" अपनी पत्नी सुरभि से मुखातिब होते हुए मैंने उसे रामदीन काका और मां को पहले भोजन करवाने की हिदायत दी।

"ना बेटा तू म्हारी चिंता ना कर, थारो काम देख, सारो काम आछो होनो चावे।" मां ने दोनों हाथ उठाकर आशीर्वाद देते हुए कहा।

कार्यक्रम स्थल पर मां, सुरभि और बच्चों के साथ अग्रिम पंक्ति में कोटा डोरिया की हल्के रंग की कलफ लगी साड़ी पहने बैठी थी। मां को हमेशा लहंगा -ओढ़नी में देखा था। इस रूप में पहली बार देख रहा था। कार्यक्रम की समाप्ति पर लोग मेरे साथ मां को भी बधाई दे रहे थे। मां के चेहरे पर प्रसन्नता की लहरें थीं। उसकी आंखों में कुछ वैसी ही चमक दिख रही थी जैसी खेतों में झूमती बालियों और फसलों को देखकर नज़र आती थी। उसकी उपस्थिति ने कार्यक्रम की गरिमा को बढ़ा दिया था। घर आकर मैंने सुरभि से कहा- "मां को तुमने साड़ी बड़े सलीके से पहनाई थी। यह तुम्हारी साड़ी होगी। कब खरीदी थी, याद नहीं आ रहा।"

"जी नहीं ! तुम्हारी तैयारी के साथ, मां की तैयारी भी चल रही थी, उन्होंने गांव में स्कूल की किसी टीचर से साड़ी मंगवाई थी और जूड़ा बनाना भी सीखा।" वह मुस्कराई। मैं सोच रहा था कि यह तो मैं भी कर सकता था, कभी माँ को ऐसी साड़ी ला कर नहीं दी। दोनों दीदियों ने भी ऐसा नहीं किया। हम कभी सोच ही नहीं पाए।

अगले दिन हम सभी गांव के लिए रवाना हो गए। पिताजी की बरसी पूरे रस्मो-रिवाज से हुई। जात-बिरादरी के लोग रिश्तेदार आज

सभी बुलाए गए। भोजन के साथ स्मृति चिह्न में तांबे के रामझारे बांटे गए, वहीं बहिन - बेटियों को विदाई में कपड़े दिए गए। बरसी का कार्यक्रम भली-भांति संपन्न हो गया था। अब गांव से वापसी का समय आ गया था। मैं अपनी कुछ पुस्तकें गांव के कुछ मिलने वालों के लिए ले आया था जिन्हें मैंने अपने कुछ गिने-चुने शिक्षित रिश्तेदारों व परिचितों को दे दी थी। अभी -अभी गांव के सरपंच का डॉक्टर बेटा मेरे पास आया था। उसे भी मैंने यह पुस्तक भेंट की थी। सुरभि चलने की तैयारी कर रही थी। मैं बाहर बरामदे में बैठा था। गर्मी की छुट्टियां हो चुकी थीं। अतः मां बच्चों को रोकना चाहती थीं, पर सुरभि मानने को तैयार नहीं थी। उसका मानना था कि बच्चे गांव में रहकर बिगड़ेंगे। यहां की बोली सीखेंगे, मैंने उसे समझाया कि तुम्हारा और हमारा बचपन भी तो गांव में ही बीता है। तब कहीं वह बड़ी मुश्किल से बिटिया को वहां छोड़ने पर राजी हुई, शायद उसे यकीन था कि वह ग्रामीण बच्चों के साथ नहीं खेलेगी।

"बहू, छोटू री किताब म्हारे लिए भी तो ला ।" मां ने सुरभि से कहा तो उसने चौंक कर मां की ओर देखा। "क्यों नहीं मां, आपका तो सबसे पहले हक बनता है। आप ही ले लीजिए ना उनसे।" उनका वार्तालाप सुनकर अनायास ही मेरी नज़र खिड़की से दिखाई देती मां और सुरभि की ओर चली गई। "नहीं तू ले आ .... काईं कहसी छोटू, अंगूठा-छाप मां काईं करसी किताब रो।" मां ने थोड़े संकोच से कहा और हँस दी। सुरभि आई और बोली, "मां को तुम्हारी किताब चाहिए।" फिर एक किताब निकाल कर ले गई। मैंने देखा किताब को आंखें बंद किए मां उसी तरह सहला रही थी जैसे मैं अपनी कृति को पहली बार स्पर्श करते हुए आत्मविभोर हो उठा था। वैसे ही वह भी भावविभोर हो रही थी जैसे कोई मां अपने नवजात शिशु को पहली बार स्पर्श करके होती है। मैंने मां के उन हाथों को हमेशा मिट्टी और गोबर से सना देखा था, जो अभी बड़ी कोमलता से किताब के

अक्षरों को स्पर्श कर रहे थे। उसने मेरी किताब को आंख से लगाया जैसे कोई धार्मिक पुस्तक को लगाता है और उसने अपने भगवान के आले में गीता और रामायण के साथ ही उसे रख दिया। वेदव्यास जी और तुलसीदास जी की महान कृतियों के साथ ही उसने, अपने छोटू की कृति भी रख दी। यह दृश्य देखकर मेरी आंखें भर आईं। एक मां... अनपढ़ मां जिसके बेटे ने हाल ही में किताब लिखी थी... उसके मनोविज्ञान को समझने की चेष्टा करते हुए मैं अंदर आ गया। मैंने पुस्तक उठाई और अंदर के पृष्ठ पर लिखा आदरणीय माता जी को सादर भेंट। और पैर छूकर मां को पुनः हाथ में थमाया, कुछ बोल नहीं पाया, मेरा गला रूंधा हुआ था। शायद वह भी समझ गई हों । मैं और सुरभि बेटे सहित उसी दिन लौट आए बिटिया को वहीं छोड़कर।

डेढ़ माह गुजर गया, गर्मी की छुट्टियां समाप्त होने वाली थीं। मैं बिटिया को लेने गांव आया, घर के अंदर आंगन में नीम के पेड़ के नीचे खटिया पर दोनों दादी-पोती सटी बैठी थीं। उन दोनों की पीठ मेरी ओर थी। सिर आपस में जुड़े हुए थे। अचानक मुझे आया देखकर कुछ तकिए के नीचे छुपा दिया गया था। न जाने क्या चल रहा था दादी- पोती के बीच। सांझ को मां के हाथ की बनी मक्खन लगी मक्की की गरम रोटियां बैंगन की सब्जी व कचरी की चटनी के साथ खाने के बाद जब सोने के लिए आंगन में रखी खटिया उठाने आया तो चौंक पड़ा। तकिए के नीचे मेरी किताब व स्लेट बत्ती रखी थी, तो मां पढ़ना सीख रही थीं।

क्या चल रहा था उनके जुड़े हुए सिरों के बीच, मुझे अब समझ में आ गया था। उन दो सटे हुए मस्तिष्कों के बीच ज्ञान की गंगा बह रही थी। पोती द्वारा दादी को साक्षर बनाने की मुहिम चल रही थी। एक मां...एक अनपढ़ मां अपने बेटे की पुस्तक को पढ़ने के लिए स्लेट पर अक्षर और मात्राएं उकेर रही थी। किताबों की और पढ़े

-लिखों की दुनिया में प्रवेश करने को आतुर थी। मेरी आंखें फिर से नम हो गई थीं। जिस मां ने हमें पढ़ाने के लिए अपना जीवन लगा दिया था, आज वह स्वयं पढ़ने के लिए कितनी व्याकुल है। क्यों नहीं पढ़ा सके हम उसे, मैं स्वयं, मेरी पढ़ी-लिखी पत्नी, मेरी पढ़ी-लिखी बहनें, आज जो वह अपनी पोती से सीख रही थी। हम भी तो सिखा सकते थे उसे। उसने तो कभी कहा ही नहीं। शर्मिंदा होती होगी हमारे सामने स्लेट बत्ती लेकर खड़े होने में, पर हम तो प्रयास कर सकते थे ना। मां -पिताजी ने कितना कुछ किया और हम पढ़-लिख कर एक अलग ही दुनिया में निकल आए, उनकी दुनिया छोड़कर। क्या कोई एक भी सेतु नहीं बना सकते थे हम इन दो दुनियाओं के बीच? पीढ़ी के अंतराल की विशाल खाई बन गई थी हमारे बीच। कभी उन्हें अपने स्कूल कॉलेज के फंक्शन में नहीं लेकर गए। उन्होंने आना भी चाहा तो हमने उन्हें आने नहीं दिया। वे हमारी शिक्षा पर गौरवान्वित होना चाहते थे, पर हम उनकी अशिक्षा के कारण हीनभावना से ग्रसित थे। वे हमारे कदमों से कदम मिलाकर चल सकते थे, बल्कि चलना चाहते थे। जिन्होंने उंगली थाम के चलना सिखाया, उन्हीं का हाथ थाम कर चलने का सामर्थ्य कहां था हममें? उसी पीढ़ी के अंतराल का सामना तो आज हमें करना था।

बच्चे अंग्रेजी स्कूल में पढ़ रहे थे। मैंने मां को साथ चलने के लिए कहा तो वह नहीं मानी। वैसे भी वह समय बुवाई का था, पर अब सेतु निर्माण की जिम्मेदारी मेरी थी। उस समय तो लौट गया, पर जल्दी ही छुट्टियां लेकर वापस गांव आया। खेत राम दीन काका को बंटाई पर दे दिए। घर बहुत बड़ा था तो आधा दो हालियों को रहने के लिए दे दिया। पशुओं की जिम्मेदारी भी निश्चित तनख्वाह पर उन पर छोड़ दी। दूध के प्रबंध के लिए डेरी से बात कर ली थी। मां को गांव से साथ ले आया था, पर गांव आना-जाना बरकरार था। कभी मां गांव जाती तो कभी-कभी छुट्टियों में, सुरभि और बच्चे भी। गांव के जीवन

का अपना ही आनंद है। अब तो हमारे त्यौहार भी ज्यादातर गांव में ही मनते। मां जब शहर में रहती तो किताबें पढ़ती, नया-नया शौक लगा था पढ़ने का। गृहस्थी के जंजाल से छुटकारा पाकर उन्हें पढ़ने में आनंद आता। वह अखबार के अतिरिक्त मेरे साथी साहित्यकारों की पुस्तकें भी पढ़ने लगी थी। कभी-कभी मौखिक टिप्पणी किया करती थी। घर में तीन भाषाओं की त्रिवेणी बह रही थी, राष्ट्रभाषा हिंदी तो पहले से घर में बोली जाती थी। अब मातृभाषा राजस्थानी का भी प्रयोग मां के साथ करने लगे थे। मातृभाषा राजस्थानी का गौरव बच्चों को सिखाने का एक प्रयास हो रहा था, पर मजे की बात यह थी कि मां बच्चों से अक्सर हिंदी में ही बात करती। अंतरराष्ट्रीय भाषा अंग्रेजी का प्रयोग मैं और सुरभि अक्सर बच्चों से बात करते समय किया करते, सेतु निर्माण का कार्य प्रगति पर था। शाखाएं आकाश में फले-फूलें, इसके लिए जरूरी था जड़ों की ओर लौटना।

***

कुछ शब्दार्थ--

लाव =कुएं से सिंचाई हेतु पानी खींचने का मोटा रस्सा

चड़स = सिंचाई हेतु चमड़े का बना पानी खींचने का बड़ा थैला।

रामझारा= तांबे का नलीदार लोटा।

समझौता

"मैं भी चलूंगी मामा आपके साथ," चार वर्षीय मिनी जिद करते हुए वरुण के पीछे-पीछे बाहर आ गई।

"नहीं बेटा हम सब एक स्कूटर पर नहीं चल सकते, कैसे बैठ पाएंगे हम सब, तुम ही बताओ।" स्कूटर बाहर निकालते हुए वरुण ने मिनी को समझाया । "तो आप टोनी को यहां छोड़ दो ना मामा, या फिर मुझे आगे ही खड़ा कर लो मैं आपको परेशान नहीं करूंगी, मामा प्लीज।" मिनी ने रुआंसी होकर कहा।

"बेटे हम हॉस्पिटल जा रहे हैं टोनी और वैन्या को इंजेक्शन लगवाने।" चतुर सुनीता मामी ने अपनी डेढ़ वर्षीय पुत्री वैन्या को गोद में उठाते हुए मिनी को बहलाया। वैन्या अपनी मां की चतुरता को समझ ना सकी और चिल्लाते हुए अपनी छोटी-छोटी मुट्ठियां अपनी मां के कंधे पर मारने लगी, जबकि अपनी मां की तरह ही समझदार सात वर्षीय टोनी तिरछी मुस्कान के साथ नयन मटकाते हुए अंगूठा दिखाकर मिनी को चिढ़ाने लगा। वरुण ने स्कूटर स्टार्ट किया और चारों बिसूरती हुई मिनी को नज़रअंदाज करके वहां से निकल गए। मिनी पैर पटक-पटक कर रोने लगी। वह बड़ी बच्ची थी सब समझने लगी थी। अपनी मामी की चालाकी को समझते हुए बोली - "मम्मी, मामी झूठ बोल रही थी ना ...बोलो वे लोग शादी में जा रहे हैं ना। कोई हॉस्पिटल जाने के लिए इतने अच्छे कपड़े

पहनता है क्या? टोनी कितना खुश था। कोई इंजेक्शन लगवाने के लिए इतना खुश होता है क्या?"

"मम्मी आप क्यों नहीं चलतीं कहीं भी, बताओ ना ...मम्मी।" मिनी रुचि का पल्लू खींचते हुए पूछ रही थी। क्या बताए मिनी को ...कैसे समझाए वह उसको, सब्जी काटती रुचि का मन अवसाद से भर गया । उसे वरुण पर भी गुस्सा आ रहा था। क्या एक नन्ही बच्ची को स्कूटर पर एडजस्ट करना इतना मुश्किल था? क्या ऑटो से नहीं जाया जा सकता था?

आखिर वह उसकी भांजी है, पर एडजस्ट तो उसी को करना था। हर जगह हर इंसान से, पूरी दुनिया से उसे जीने के लिए एक समझौता करना है।

रुचि का विवाह एक धोखा था। उसके सामने अतीत के पन्ने लहराने लगे। बीए, बीएड करने के पश्चात् ही उसके घर वालों ने उसके लिए योग्य वर की तलाश आरंभ कर दी थी। कहते हैं, कन्या का बृहस्पति अगर कठोर हो तो उसका विवाह आसानी से नहीं होता। रुचि देखने में अच्छी थी, पढ़ी-लिखी और योग्य थी, पर उसके लिए कोई योग्य वर नहीं मिल पा रहा था। कहीं लंबाई मैच नहीं करती, तो कहीं कुंडली मेल नहीं खाती, तो कहीं पर लड़के वालों की शर्त होती है कि लड़की नौकरी नहीं करेगी। तो क्या घर में बैठे रहने के लिए उसने पढ़ाई की है? वह कुछ समझ नहीं पा रही थी।

हार कर अखबार में विज्ञापन देना पड़ा और तो ढेर सारे प्रस्तावों में से उसने रमन का फोटो और उसका बायोडाटा छांट लिया था। रमन कंप्यूटर इंजीनियर था। एक बड़ी कंपनी में कार्यरत था। लंबाई और चेहरा-मोहरा भी उसके अनुरूप था।

रिश्ता होते ही रमन के घर वाले शादी की जल्दी करने लगे। रुचि के घर वालों के लिए इतनी जल्दी शादी का इंतजाम करना

आसान नहीं था। फिर भी इतना अच्छा रिश्ता हाथ से न निकल जाए, इसलिए पापा और वरुण ने शीघ्रता से सारे इंतजाम कर लिए।

चट मंगनी-पट ब्याह की तर्ज पर उसका विवाह हो गया। विवाह के पश्चात् रुचि ने रमन से पूछा कि हम हनीमून के लिए कहां चल रहे हैं। बड़े ही अनमने भाव से उसने जवाब दिया—"कहीं नहीं रुचि। इस घर में ही हम अपना हनीमून मनाएंगे। बहुत लंबी जिंदगी है, घूमते रहेंगे जीवन भर। कुछ समय हमें परिवार के साथ घुलने-मिलने और एक-दूसरे को जानने में बिताना चाहिए।" बिना कुछ तर्क किए सहमत हो गई थी रुचि, पर मन का सारा उत्साह जाता रहा। यूं उसे रमन से कोई शिकायत नहीं थी। धीरे-धीरे उसका मन ससुराल में रमने लगा था। घर का चूल्हा-चौका उसने भलीभांति संभाल लिया था, पर उसे कुछ अजीब सा लगता था। रमन उसे कहीं भी, किसी भी रिश्तेदार या अपने किसी मित्र के यहां नहीं ले जाता था। आजकल वह घर पर ही था, पर उससे अपने स्कूल की ड्यूटी जॉइन करने के लिए कहने लगा था।

वह समझ नहीं पा रही थी कि आखिर इतनी जल्दी क्या है। अभी तो वह स्वयं भी छुट्टी पर ही है। उसने रमन का यह कहना भी मान लिया। रमन उसे विवाह में मिले स्कूटर से खुद ही लेने और छोड़ने जाता। कभी वह कहती भी कि वह स्वयं ही बस से चली जाएगी, तब भी वह नहीं मानता। एक दिन स्कूल की छुट्टी जल्दी हो गई। स्कूल से बाहर निकलते ही उसे बस मिल गई। बस में ज्यादा भीड़-भाड़ नहीं थी। वह एक सीट पर बैठ गई, तभी एक युवती ने मुस्कराकर अभिवादन किया और 'पहचाना नहीं क्या?' का जुमला उछालती हुई उसके समीप आकर बैठ गई। रुचि ने अजनबी निगाहों से देखा। "आपकी शादी में तो आई थी मैं, रमन की बुआ के देवर के बेटे की बहू ...... ।"

वह युवती रिश्तों के पूरे के पूरे एक सूत्र को धागे में पिरोने सी

लगी। बिना रुके वह फिर बोली--

"भाभी आप इतनी पढ़ी-लिखी और सुंदर हैं। आप सरकारी नौकरी में हैं। आखिर आपने रमन से कैसे शादी कर ली।"

"क्यों रमन में क्या कमी है? अच्छी कंपनी में इंजीनियर है।" हँस पड़ी वह युवती—"इंजीनियर! क्या कह रही हो भाभी!" आंखें चौड़ी कर अजीब सी तीखी हँसी हँसते हुए उसने कहा - "अरे भाभी ! यह तो पता था कि रमन और उसके घर वाले झूठे हैं, पर यहां तो उन्होंने झूठ के पूरे रिकॉर्ड ही तोड़ दिए हैं। रमन किसी कंपनी में इंजीनियर नहीं है, 12वीं पास है बस। शादी के पहले एक मोबाइल शॉप पर काम करता था। अब सब छोड़-छाड़ कर घर पर बैठा हुआ है।" फिर वही तीखी सी हंसी जो अबकी बार दिल से नहीं, मस्तिष्क से ज्यादा टकराई थी। पूरे दिमाग की नसों को झनझना कर वह हँसी आर-पार हो गई थी। इतना भयानक सच वह कैसे हँस-हँस कर उसके सामने बयान कर रही थी।

ऐसे कोई कैसे हँस सकता है? क्या उसे उसके दर्द का तनिक भी अंदाजा नहीं। कहीं यह लड़की झूठ तो नहीं बोल रही, पर झूठ बोलने के पीछे इसका क्या मकसद हो सकता है। तो फिर रमन का अब तक ड्यूटी पर न जाना, क्या कारण हो सकता है? उसे बार-बार ड्यूटी पर जाने के लिए कहना? उसे स्थिति स्पष्ट होती सी जान पड़ी। शायद वह सही कह रही थी, अपने ही मस्तिष्क में उलझते-सुलझते वह इस निष्कर्ष पर पहुंच गई कि दाल में जरूर कुछ काला है। उसका मन बैठने लगा। लगा जैसे किसी ने पहाड़ी के नीचे धकेल दिया है और वह लुढ़कती जा रही है। कहां है इसका अंत, इसका उसे अंदाज़ा भी नहीं है। वह कितनी लहू-लुहान हो गई है। इसका उसे जैसे पता भी नहीं है। शरीर की कितनी हड्डियां चकनाचूर हो गई हैं, यह भी पता नहीं है।

उसे इसी हाल में छोड़कर वह युवती न जाने कब गायब हो

गई। अन्य सवारियां भी उतर कर चली गईं, कंडक्टर उसे आवाज दे रहा था--"बहन जी ! कहां जाना है आपको, बस आगे नहीं जाती। यह शहर का आखिरी बस स्टॉप है।" उसका घर, उसकी मंजिल सब पीछे छूट गया। अरे! कौन सा घर ... ? कैसा घर... ? उसके मस्तिष्क पर सवालों के प्रहार हो रहे थे। पर जैसे-तैसे टैक्सी करके घर पहुंची।

"अरे ! तुम आज जल्दी घर आ गईं, क्या हुआ तबीयत ठीक है ना।" चिंतित सा रमन पूछ रहा था। उसने बिना कोई जवाब दिए चुपचाप अपना सामान समेटना शुरू कर दिया था।

"क्या हुआ रुचि बोलो ना....अरे कुछ तो बोलो ...।" रमन ने फिर से जानना चाहा... तो रुचि के मन में धड़कता ज्वालामुखी फूट पड़ा—"झूठे.... मक्कार.... फरेबी.... तुमने धोखा दिया है मुझे" ...रुकी नहीं रुचि, बोलती चली गई, गर्म लावा जैसे उबलता रहा। रमन चुप ....एकदम चुप, क्या बोलता? किस मुंह से बोलता .... उसका झूठ रुचि के सामने आ गया था।

रुचि अपना सामान समेट कर मायके लौट आई। घर वालों ने सुना तो सन्न रह गए। कितना बड़ा धोखा हो गया था, उनके साथ। मां-पापा को सुनाती—"जाकर देखते तो सही, कैसी कंपनी है, कहां काम करता है।" पापा उसकी मां पर खीझते—"क्या सब कुछ मैंने अकेले किया है? तुम और वरुण नहीं थे मेरे साथ।" ....पर अब क्या होता ...इन सब से। घर में सब एक-दूसरे को खाने को दौड़ते। घर के ऐसे माहौल के बीच उसे मिनी के वजूद का एहसास हुआ। लेकिन उसके वजूद को मिटा देने की सलाह रुचि कहां मान पाई थी?

और मिनी आ गई फूल पर खिली-खिली नन्हीं ओस की बूंद सी। एकबारगी सारे दर्द भूल गई वह, इस नन्ही सी जान को अपने अंक में समेटकर।

पांच बरस बस मिनी के नाम हो गए, भगवान ने मां की ममता

बनाई ही ऐसी है। पर इन पांच वर्षों में क्या-क्या नहीं देखा, क्या-क्या नहीं सहा रुचि ने। लोगों की नजरों के तीर और बातों के चुभते नश्तर उसे घायल कर जाते। जबरदस्ती बिंदी लगाए, मन और गले पर बोझ बन चुके मंगलसूत्र को लटकाए वह इन सबसे बचने का प्रयास करती फिरती।

फिर भी प्रिंसिपल लेट होने पर कह देती--"अरे भई रुचि, बस लेट थी तो क्या हुआ? कभी-कभी अपने पति को भी तकलीफ दे दिया करो। कभी तो गाड़ी से छोड़ जाएं तुम्हें।" उसे लगता कि उनकी नज़रें कुछ छान-बीन कर रही हैं।

कभी सहकर्मी कहतीं-- "रुचि कभी तो अपने घर पर भी चाय-वाय के लिए बुला लिया करो यार, तुम तो बस स्कूल तक ही अपनी दोस्ती सीमित रखती हो।"

'ऊंह न जाने क्या जानना चाहती हैं, घर पर चाय के बहाने? वह तो किसी के भी यहां कभी चाय की फरमाइश नहीं करती, क्यों पीछे पड़ी रहती हैं ये मेरे?' वह बड़बड़ाती। उसके संपूर्ण अस्तित्व और व्यक्तित्व को मानो दीमक चाटने लगी थी।

दिए की रोशनी सी उसके जीवन की केवल एक ही ऐसी चमक थी जिसे वह आंचल से ढांपे आहिस्ता-आहिस्ता चल रही थी कि जमाने की कोई हवा उसे छू न पाए।

पापा और भैया ने रमन के खिलाफ धोखाधड़ी और तलाक दोनों का केस फाइल कर दिया था, पर रमन तलाक चाहता ही नहीं था। उसने अड़चन डालने की नीयत से मिनी की कस्टडी पाने का केस कर दिया।

नहीं ! मिनी को नहीं दे सकती है वह, नहीं देगी मिनी को।

रमन समझौता चाहता था, बार-बार समझौते के लिए वकील को भेजता। आज फिर उसका वकील आया था।

"मुझे सिर्फ तलाक चाहिए वकील साहब, रमन क्यों चाहेगा

तलाक, उसे तो कमाऊ बीवी मिल रही है। बैठे-बैठे मुफ्त में खाने के लिए।" रुचि ने गुस्से से कहा।

"अरे बहिन जी ! मुफ्त में बैठकर तो वह वैसे भी खा लेगा तलाक के बाद भी तो आपकी कमाई में उसकी हिस्सेदारी है।" वकील ने चश्मे के ऊपर से झांकते हुए कहा।

"वह कैसे हकदार है?" रुचि ने चौंक पर पूछा।

"अरे भाई जब पत्नी पति से भरण-पोषण की मांग कर सकती है तो पति क्यों नहीं? तुम सरकारी नौकरी में हो और वह बेरोजगार।" वह फिर वैसी ही हँसी हँसा जैसे फटे बांस को जोर से जमीन पर पटक दिया गया हो।

रुचि एक मकड़जाल में फंस गई थी, उसे समझ में नहीं आ रहा था कि वह क्या करे। कोई उसे सलाह देता कि जितनी जल्दी हो, रमन से तलाक लेकर दूसरी शादी कर लो, तो कोई कहता, समझौता करने में ही भलाई है। जितने मुंह उतनी बातें।

वह खाना बनाकर किचन से बाहर आ गई, मिनी उन सबके जाने के बाद से ही चाऊमीन खिलाकर लाने के लिए जिद कर रही थी। मां सुबह के लिए सब्जी काटने में व्यस्त थीं। सुबह के भोजन की जिम्मेदारी भाभी की थी। यद्यपि वह स्वयं भी सुबह से स्कूल जाने तक घर-गृहस्थी के काम में जुटी रहती थी, पर स्पष्ट रूप से महसूस करती थी कि मां को भैया और भाभी की उससे कहीं अधिक चिंता रहती है, मिनी की तुलना में उसे अपने पोते- पोती की अधिक परवाह थी। कभी-कभी लगता जैसे वह और मिनी इस घर का हिस्सा हैं ही नहीं!

"मां ! मैं रसोई घर में व्यस्त थी, तो आप ही मिनी को चौराहे तक ले जाकर चाऊमीन खिला लातीं।" उसने अपनी झुंझलाहट को दबाते हुए कहा।

तो मां अपने घुटनों का राग अलापते हुए कहने लगीं--"भाई,

मुझसे तो नहीं होता अब, उम्र हो गई है पोते-पोतियों का तो करो ही, नातिन को भी संभालो ....हमने तो कर दिया जितना कर सके, अब खुद संभालो, जिसकी जैसी किस्मत। हम भी कहां तक करें।"

आंसू भर आए रुचि की आंखों में, कुछ बोली नहीं। चुपचाप मिनी की उंगली थाम कर सड़क पर आ गई, सुबह से चकरघिन्नी की तरह लगी रहती है। स्कूल के लिए बस पकड़ती है। फिर आकर गृहस्थी के तमाम कामों में जुट जाती है, किसी पर बोझ नहीं है। बाहर का बहुत सा काम स्वयं ही कर आती है। घर में कितना खर्च हो जाता है, कभी हिसाब नहीं रखती। पर किसी के पास उसके और उसकी मिनी के लिए समय नहीं है।

वरुण और सुनीता कभी अपने बच्चों के साथ मिनी को घुमाने नहीं ले जाते। इतनी पार्टियों में जाते हैं, पर भूले से भी रुचि को कभी साथ चलने को नहीं कहते। ये लोग अगर जरा भी साथ देते तो आज जिंदगी की दोपहर को वह आसानी से काट लेती। मगर कोई भी तो सहारा नहीं है। वह मिनी को चाऊमीन खिला कर लौटी और सीधे अपने कमरे में आकर लेट गई। आज मन भारी था।

मां-पापा खाना खाने बैठे तो औपचारिकतावश मां ने आवाज़ दी-- "अरे रुचि आ जा, खाना खा ले।"

"भूख नहीं है मां !" रुचि ने करवट बदलते हुए जवाब दिया।

कितना अंतर है हमारे समाज में, बेटे और बेटी में। टोनी और वैन्या के जन्म पर घर में धूमधाम से बड़ा आयोजन किया गया, पर मिनी के जन्म पर मां ने मोहल्ले की पांच औरतों को बुलाकर सूरज पुजवा दिया। क्या करे वह, समझ नहीं पा रही थी। दूसरा विवाह करना आसान नहीं था, उस स्थिति में जबकि रमन तलाक लेना ही नहीं चाहता था। उसने पिता के प्यार और दादी-बाबा के लाड़-दुलार से मरहूम अपनी बच्ची के चेहरे को देखा जो इस समय बेखबर सो रही थी। फिर करवट बदलकर सोने का प्रयास किया।

सुबह उठी तो सिर भारी था, पर मन किसी निर्णय पर पहुंचने को आतुर था। ऐसे अब और जीना मुश्किल लग रहा था। मिनी को स्कूल भेज कर स्वयं स्कूल चली गई। एक ख़्याल आया, जब समझौते ही कर के जीना है तो फिर रमन से भी तो समझौता करके देखा जा सकता है। खाली पीरियड में रमन को फोन लगाया - "रमन तुमसे मिलना चाहती हूं। शाम को 5:00 बजे गांधी उद्यान में मिलते हैं।" रमन ने तुरंत मिलने का प्रस्ताव स्वीकार कर लिया। वह तो उसे स्कूल से लेने के लिए भी तैयार था, पर रुचि ने इनकार कर दिया, क्योंकि अभी निर्णय लेना बाकी था जो एक बार बात करने के बाद ही तय हो सकता था।

रुचि जब गांधी उद्यान में पहुंची तो रमन पहले से ही वहां उसकी प्रतीक्षा कर रहा था। वे बड़ी देर तक उद्यान में बैठे रहे। रमन ने रुचि से माफी मांगते हुए कहा - "रुचि, तुम अपनी जगह पर सही हो, तुम्हारे साथ धोखा हुआ है, पर यह सब गलत है कि मैं बारहवीं पास हूं, मैंने बीएससी किया हुआ है।" उसने अपनी बीएससी की डिग्री भी दिखाई जो वह प्रमाणस्वरूप अपने साथ लाया था।

फिर थोड़ा रुक कर उसने कहा—"मुझे बहुत दुख है रुचि, अपने माता-पिता के दिए गए धोखे में मैंने उनका साथ दिया। अपने बेरोजगार बेटे के भविष्य को सुरक्षित करने का शायद उन्हें यही तरीका पसंद आया कि वह सरकारी नौकरीपेशा लड़की से मेरा विवाह कर दें। मैं सचमुच गुनहगार हूं तुम्हारा। मैंने कई बार सोचा कि तुम्हें सच बता दूं, पर नहीं बता पाया, तुम्हें देखने के बाद मुझे तुम अच्छी लगने लगी थीं। एक तो मैं तुम्हें खोना नहीं चाहता था, दूसरे मुझे मम्मी-पापा से भी डर लग रहा था क्योंकि मेरे बेरोजगार होने से वे दुखी तो थे ही, अब अपनी शादी में स्वयं ही अड़चन डाल कर उन्हें और परेशान नहीं करना चाहता था।"

"बीएससी करने के बाद भी तुमने नौकरी करने का प्रयास

क्यों नहीं किया रमन?" उद्यान की हरी दूब को सहलाते हुए रुचि ने कहा।

"मैंने प्रयास किया था। रुचि, मैं आर.ए.एस. से लेकर क्लर्क और पुलिस डिपार्टमेंट में सिपाही की नौकरी तक की कितनी ही प्रतियोगी परीक्षाओं में बैठा, पर कहीं सफल न हो सका, कहीं पास होने के बावजूद इंटरव्यू के लिए बुलाया नहीं गया। मैं तुम्हारी तरह प्रतिभाशाली तो था नहीं ।"

"मैं समझ सकती हूं रमन, अगर महिलाओं को आरक्षण नहीं मिला हुआ होता तो शायद मैं भी सरकारी नौकरी में नहीं होती। कितनी तरह के रिजर्वेशन के कारण जनरल श्रेणी में पुरुषों की कट ऑफ बहुत ज्यादा जाती है।" रुचि के स्वर में सहानुभूति उतर आई थी।

"रुचि ! मम्मी- पापा के पास इतना पैसा नहीं था कि मुझे कोई बिजनेस करवा पाएं, इसलिए मैं मोबाइल शॉप पर काम करने लगा। शादी में लंबी छुट्टी लेने के कारण वह नौकरी भी छूट गई। इसलिए घर बैठना पड़ा, पर तुम्हें स्कूल छोड़कर आने के बाद रोज ही नौकरी की तलाश में भटकता रहता था। बाद में उसी जगह नौकरी तो मिल गई, पर तब तक तुम जा चुकी थी।"

"कोई बात नहीं रमन, अब तुम्हारी अपनी मोबाइल शॉप होगी, जहां से तुम्हें कोई नहीं निकाल पाएगा।"

"क्या मतलब रुचि ! क्या तुम साथ चलने को तैयार हो?"

"घर तोड़ना आसान है रमन, पर घर बसाना बहुत मुश्किल, चलो एक बार फिर बसा कर तो देखते हैं।"

"वादा करता हूं रुचि, तुम्हें कोई तकलीफ नहीं आने दूंगा। अपनी बच्ची को देखने के लिए मैं तरस गया हूं।"

भावावेश में रमन की आंखें भर आईं।

"कल शाम को स्कूल लेने आ जाना रमन, तुम्हारे साथ ही घर

चलकर अपना सामान और मिनी को साथ ले लेंगे। चलो, अब चलते हैं बहुत देर हो गई।" रुचि उठ खड़ी हुई। स्कूल के स्टाफ को वह उनके अनकहे सवालों का और घर वालों को उनकी नाइंसाफियों का मौन प्रत्युत्तर एक साथ देना चाहती थी।

"चलो ! मैं छोड़ देता हूं तुम्हें।" रमन भी उठ खड़ा हुआ।

"नहीं ! सबके लिए सरप्राइज रहने देते हैं।" उठते हुए रुचि की नजर दबी हुई दूब पर गई, जहां दोनों बैठे थे। दूब धीरे-धीरे अपना सिर उठाकर फिर से खड़ी होने का प्रयास कर रही थी।

रास्ते भर रुचि सोच रही थी कि रमन ने भले ही एक बड़े धोखे में घर वालों का साथ दिया पर उसने भी तो उसे पांच बरस तक सफाई देने का एक भी अवसर नहीं दिया। अपनी बच्ची का चेहरा तक उसने रमन को देखने नहीं दिया था। कहीं ना कहीं रमन के साथ उसने भी तो नाइंसाफी की थी।

घर पहुंची तो मिनी बिसूर रही थी। टोनी अक्सर ही उसे परेशान करता रहता था। मां की बड़बड़ाहट की आवाज़ बाहर तक सुनाई दे रही थी।

"न जाने आज महारानी कहां रह गई, 8 बजने को हैं। अभी तक अता-पता नहीं है, न घर की परवाह है, न अपनी छोरी की, एक शाम के खाने की जिम्मेदारी ले रखी है, वह भी ठीक से नहीं निभा सकती।"

मां की लाडली बहू रसोई में बर्तन इधर से उधर उठा-उठा कर पटक रही थी। उसने देखा अभी तक सुनीता ने खाने की कोई तैयारी नहीं की थी। वह सिर्फ सबको जता रही थी कि आज उसे खाना बनाना पड़ रहा है।

ऊंह! उसे क्या इन लोगों ने नौकरानी समझ रखा है। उसने मिनी का हाथ पकड़ा और उल्टे पैरों घर से बाहर हो गई। "कहां चल रहे हैं मम्मा हम ।" मिनी ने अपने आंसू पोंछते हुए पूछा। चलो ! हम

पिज़्ज़ा खा कर आते हैं। उसने मिनी के बालों को अपनी उंगलियों से संवारते हुए कहा ।

"वॉव पिज़्ज़ा मम्मा, आप कितनी अच्छी हो ना।" मिनी ने खुश होते हुए कहा। अभी तो रो रही थी, अभी चहकने लगी। यह बचपन भी कितना भोला होता है।

जल्दी ही पिज़्ज़ा और आईसक्रीम खा कर दोनों लौट आए। मिनी को लेकर सीधे अपने कमरे में आ गई। बाहर अभी महाभारत जारी था। मां भाभी के साथ रसोई में काम करवाते हुए आदतन बड़बड़ा रही थीं। मां का ये बड़बड़ाना हमेशा चयनित होता था। लक्ष्य कभी भाभी होती ही नहीं थीं।

भाभी उसे सुनाकर मां से कह रही थीं-- "आज तो ननद रानी के तेवर ही अलग हैं। जरा पूछ तो लेतीं। यह सब क्या है?"

"बोल, कहां रही है? सीधे अपने कमरे में तो घुस गई अपनी छोरी को लेकर, कल सुबह बात करूंगी। ऐसे थोड़ी ही चलेगा। घर में रहना है तो तरीके से रहना होगा।"

वह अब इन बातों पर ध्यान देने वाली नहीं थी, बहुत हो गया, बहुत सह लिया उसने। देखा, मिनी सो गई है। अभी रात के 9:30 ही बजे हैं, क्यों ना सामान जमा लिया जाए, कल सुबह इतना वक्त ही कहां मिलेगा। वह झटके से बिस्तर से उठ गई और जल्दी-जल्दी अपना सूटकेस जमाने लगी।

अंधेरे कमरे में स्ट्रीट लाइट की खिड़की से छन कर आती रोशनी का मद्धिम प्रकाश फैल रहा था।

***